Ich widme das Buch meinen Lehrmeistern
für Zärtlichkeit, Liebe, Vertrauen, Geduld
Ava, Paco, Noxi & Federica

& allen ver- und entrückten Wesenheiten
dieser Galaxie,
insbesondere jenem
chilenischen Huaso, Alfredo,
der im 21. Jahrhundert Witze erzählend und Harfe spielend
von seiner Criollostute Federica das Fliegen lernt.

Iris Margarete Hesse

Heilende Seelensprache

31 Lebensweisheiten von Naturbuddhas

tredition®

© 2019 Iris Margarete Hesse

1. Auflage 2019

Umschlaggestaltung: MMDiseño Isabel Jiménez, Iris M. Hesse
Illustration: Iris M. Hesse
Lektorat: Monika Kluge
weitere Mitwirkende: Alfredo Merino
Paloma Villalobos

Verlag und Druck: tredition GmbH, Halenreie 40-44, 22359 Hamburg

978-3-7482-7786-6 (Paperback)
978-3-7482-7787-3 (Hardcover)
978-3-7482-7788-0 (e-Book)

Bibliografische Information der Deutschen Nationalbibliothek:
Die Deutsche Nationalbibliothek verzeichnet diese Publikation
in der Deutschen Nationalbibliografie; detaillierte bibliografische
Daten sind im Internet über http://dnb.d-nb.de abrufbar.

€INhorn –
€INleitung

Möge Dir, verehrtes liebevolles Seelenwesen,
dieses Büchlein EINblicke in Dein Innerstes schenken,
möge es Dir einen EINsichts- und lichtvollen Weg
zu Deiner inneren Quelle sein.

Möge Dir dieses Werk ein Lächeln ins Gesicht zaubern,
Hoffnung und Kraft schenken,
möge es das uralte in Dir wohnende Wissen,
dass Du EINheit bist,
erwachen lassen.

Mein EINhorn hilft Dir, lichtvolles Wesen,
mit dem einen Herzensblick auf Deine
Weltenleinwand zu schauen.

Meine EINhornenergie und -weisheit
begleitet Dich durch Dein Leben,
wenn Du mich zu Dir rufst.

Dein
EIN
horn

PROLOGISCH

Das Wort Tier ~ Englisch animal,
Lateinisch anima ~
bedeutet Seele.

Am Beginn meines Bewusstwerdungspfades vor über 30 Jahren eröffnet sich mir eine ganz neue Perspektive. Ich beginne zu erahnen, dass sich mein Energiefeld im Außen spiegelt, ich auf meine Leinwand und in mein Drehbuch blicke, dessen Inhalt mir allerdings größtenteils fremd ist.[1]

Aus diesem Blickwinkel ist eine Kindheit mit kriegstraumatisierten, zu Gewalt neigenden Eltern eine Fußnote, die den tiefsten Wunsch eins mit mir zu sein, beflügelt und in eine langjährige Sinnsuche mündet. Sogenannte Koinzidenzen führen mich zu außergewöhnlichen Begegnungen und zuverlässig zur nächsten Lernerfahrung.[2]

Dazu gehört Ende der 80iger Jahre ein längerer Aufenthalt bei einer Gastfamilie in Puebla de los Angeles/Mexiko, ein wichtiger Wendepunkt auf meinem Seelenweg. Die Liebe meiner Gastfamilie und die köstlichen Mahlzeiten meiner Gastmutter Arcelia lassen mich ein Dasein in Fülle und Freude erfahren. Ich kann mein Glück, dass ich so sein darf wie ich bin, nicht fassen.
Meine mystische Ader stellt in Mexiko keinen Widerspruch zur Wissenschaft dar, sondern wird als Ergänzung gesehen. Dank vieler mutmachender Gespräche mit meinem Gastvater Honorato nehme ich ein Studium auf. Er ermuntert mich über viele Jahre meine Gaben zu leben.
Eine schamanische Erfahrung nimmt mir viel Schwärze und konkret Last von den Schultern, ein für mich schier unglaubliches Erlebnis, das die Schulmedizin und ihre Postulate in Frage stellt.

Ich blühe durch diese magische musikalische Lebensphase voller Poesie und skurriler Sinneseindrücke auf. Dieser mexikanischen Familie, mit der ich bis heute verbunden bin, verdanke ich unendlich viel.

Ich erlebe erwachte weise Menschen in West und Ost, meditiere seit Jahrzehnten und verbringe viel Zeit in Retreats und Tempeln. Ich wundere mich und verzweifele oftmals, dass meine Einheitserlebnisse und Glückszustände nicht von Dauer sind. Ich stürze gerade nach den Seminaren um so tiefer ab. Meine vermeindlich *spirituelle Suche* ist eher eine Sucht nach dem EINSsein, nicht mehr und nicht weniger. Noxi von Sirius wirft ein, dass jede Trennung des Seins in *spirituell göttlich* und *materiell* ein Denkfehler ist. Er verweist mich auf die kosmische Wahrnehmung: ALLes ist Geist und (m)ein BeWUSSTsein.[3]

Diese tiefen Erlebnisse sind verRÜCKT, jenseits der geNORMten einseitigen Wirklichkeitwahrnehmung. Diese Such(e)t nach der immerwährenden Glückseligkeit hat mich schlussendlich zu den Vierbeinern und zurück in die Natur geführt. ALLe Erfahrungen sind für mich wesentliche bedeutsame Meilensteine ins Jetzt. Es sind die kleinen Schritte im ALLtag mit Ava an meiner Seite, die mich lehren liebevoll und nachsichtig, wie eine Mutter mit ihr und mir zu sein. Sie fordert mich täglich zum Spiel auf und freut sich bei jedem Wiedersehen als sei es das erste Mal. Was für ein kostbares Geschenk, das Leben zu feiern.

Es ist der zärtliche Weg der Mitte, wenn Noxi sich an meinen Kopf kuschelt und mich damit aus meinen Denkautobahnen holt.
Meine Lebenslehrer für die ALLtägliche Herausforderung nicht über meine körperlichen und seelischen Grenzen zu gehen, sind der Wallach Paco und die hochsensible Stute Federica.

Alle sichtbaren und unsichtbaren Naturbuddhas erinnern mich daran, immer wieder zur inneren goldenen sprudelnden Quelle zurückzukehren.

Ein EINhorn lächelt & lädt mich zum Bad in silbrig schimmerndem Licht.

*B*evor Du in unsere Wortgalaxien abtauchst, möchte ich, Ava, meine Seelengefährten und mich bei Dir, ehrenwerte Leserin und verehrter Leser, vorstellen: Ich bin Ava, eine kroatische Hirtenhündin, ich habe Iris zu dieser Form des Schreibens inspiriert, dafür habe ich ihr oft lange in ihre schönen grüngelben Augen geschaut.

Zu dem Zeitpunkt, an dem ich mich in ihr Leben schmuggele und ihre engste Begleiterin in Sachen Alltagsphilosophie werde, ist Don Paco, das ehemalige Schulpferd bereits einige Jahre an ihrer Seite. Dank ihm tauchen wir in das *Waldgrünmysterium*[4] des Hochtaunus ein und verleben spielreiche und Kaffee getränkte Mädelszeiten im Wolfshündinnen Zaubergarten der Hasenmühle.

Wir Fellnasen, ach ja, diesen Kater genannt Noxi von Sirius,[5] den hätte ich doch beinah vergessen. Warum ich bei Katzen partielle Amnesie bekomme, erfährst Du in meinen Geschichten. Noxi ist für quantenphilosophisch kosmische Angelegenheiten zuständig.

Zuguterletzt unsere Federica, die hochsensible Criollostute aus Argentinien, Pacos beste Freundin, ist ja auch die Einzige. Sie ist Fachstute für Erziehungskorsetts, Burn-out und hohe Erwartungen an sich selbst.

Wir Fellnasen, Huf- und Pfotenwesen haben Iris zu wundervollen Wesen auf zwei Beinen, unglaublichen sinnvollen Erlebnissen und an zauberhafte Orte geleitet - und - vor allem zurück zu ihrer Seelenquelle. Das ist unsere Aufgabe für jetzt und immerdar.

Und jetzt, liebe Menschenwesen, die Ihr dieses Büchlein in Euren ehrenwerten Händen haltet, ist es Zeit für unsere schreibende Iris sich kurz und intensiv vorzustellen.

Genießt Eure Erdenzeit!

Wir danken Euch, liebe Menschenwesen für Euer Vertrauen in Euren Seelenweg, sonst würden wir uns auf diesen Seiten einander nicht begegnen und natürlich hoffen wir, dass wir Euch inspirieren unsereiner in Euer Leben zu lassen.

Ava

WEISE LEBENSLEHRER
~ VIERBEINIGE FELLNASEN

Der Wendepunkt in meiner Lebensgeschichte ist die Wiederbegegnung mit den Fellnasen. Meine Mutter sagt während einer wilden Nachtfahrt der *Seele: Geh doch wieder reiten, das hat Dir früher so gut getan.* Es fällt mir unendlich schwer, denn ich verbringe die meiste Zeit im Bett. Nach Monaten gelingt es mir mich aufzuraffen und einen Reitstall zu suchen. 2005 lerne ich Paco kennen, der seinerzeit noch als Schulpferd tätig ist. Ein Jahr später erlaube ich mir Shari, eine Tempelkatze aus dem Katzentierheim in Frankfurt/M. bei mir aufzunehmen. Eine riesiger Schritt für mich jemanden konstant in meine Burg zu lassen. Shari schleicht sich auf ihren Samtpfoten in mein einsames Singledasein. Plötzlich habe ich einen Grund aufzustehen und freudig nach Hause zu kommen, denn ich werde erwartet. Ein ganz neues Lebensgefühl. Mit ihr lerne ich wieder zu spielen. Eine unglaubliche Erfahrung für mich. Ich öffne mit diesen Wesen eine Tür ins Licht.

Paco kaufe ich 2007, nachdem ein Jahr zuvor drei Todesfälle mir die Endlichkeit des Lebens vor Augen führen. Das ist ein Gefühl als würde ich vor den Traualtar treten. Ich habe Herzrasen als ich den Kaufvertrag unterschreibe, es fühlt sich unendlich gut an und macht mir eine Heidenangst. Der Gedanke, dass sich alles ändern lässt, beruhigt mich ungemein.

Der Kater Noxi von Sirius wird von Shari 2012 in mein Leben gerufen. Nur ein paar Monate später stirbt sie. Es scheint als wolle sie Noxi den Weg in mein Leben ebnen. Der Kater gibt mir deutlich zu verstehen, dass er auf weitere Katzengesellschaft keinen Wert legt. Nur deshalb kann die Hündin Ava als seine neue Gefährtin bei uns einziehen.

Die Fellnasen zeigen mir, dass sich meine Trauer, Wut und mein Schmerz auf sie überträgt, so wie alle Traumata, die noch unerkannt in meiner Seele schlummern. Ich staune wie schnell sich meine Symptome bei meinen Tieren manifestieren und leide sehr darunter. Das Schuldgefühl ist die Quelle meiner

Inspiration für den ersten Essay: *Bin ich schuld, dass meine Tiere leiden?*[6] und den Beginn meines Blogs: http://cordisophia.wordpress.com/

Mein Vater verlässt diese Dimension drei Monate, nachdem Paco in mein Leben tritt. Ich fahre am folgenden Tag in dem Stall und bin tief berührt. Ihm läuft eine Träne aus dem Auge. Diese Phänomene erstaunen mich anfangs bei meinen Vierbeinern, obwohl ich Jahre zuvor selbst unglaubliche Heilerlebnisse mit der klassischen Homöopathie mache als ich an Malaria tropical erkrankte.

Während einer schwerst depressiven Phase bekommt Shari, kurz nachdem sie bei mir eingezogen ist, die Diagnose eosinophiles Granulom. Der Tierarzt sagt, dass sie im besten Fall drei Jahre alt wird und ich ihr alle Zähne ziehen lassen soll. Die Zeit mit ihr ist eine dauernde Konfrontation mit dem Thema Tod, Leid und Schmerz analog zu meinem Seelenzustand. Sharis unheilbare Krankheit führt mich nach Tierarztodyseen zu Claudia Scheller, einer sehr begabten Tierheilpraktikerin, durch die Shari noch weitere drei Jahre lebt. Worte können solche Erfahrungen nicht einfangen.

Meine Tierseelen spiegeln wie es mir *wirklich* geht.

Die Fellnasen, die mich begleiten, sind Seelenheilungsspezialisten, mit deren Hilfe ich die Sprache des Lebens[7] entziffern darf, Buchstabe für Buchstabe. Das Leben ist ein freudvoller Selbsterkenntniskindergarten,[8] sagt Ava, die mich täglich daran erinnert, dass es Zeit ist zurückzukehren, in diesen Augenblick mit Dir. Nimm einen tiefen Atemzug und verbinde Dich mit Deiner in Dir sprudelnden kristallklaren Quelle.

Du bist

Liebe,
Licht & Leben.
Jetzt und immerdar.

Wir sind Naturbuddhas
geboren aus Licht, wie Ihr,
ewig schwingend in einer Welle des Urvertrauens,
voller Gegenwärtigkeit und Zuversicht aller Wesen,
die mit dem Sein völlig verbunden sind.
Wir sind das Leben.

Wir danken Euch, dass Ihr mit Euren Augen diese Zeilen aufnehmt.
Ihr seid beseelt von dem Wunsch Euch zu erinnern an Eure tiefste Essenz.
Schwingendes Licht geboren aus allen Farben, die nur eine ist.
Welle und Teilchen zugleich, voller Paradoxien und lebend in dem uralten Wissen,
dass alles miteinander verbunden ist.
Ein Wesen, eine Zelle, ein Bewusstsein.

Ihr fühlt Euch „anders".
Manchmal durchlebt Ihr Zeiten des Nicht-in-der-Welt-sein-wollens,
Ihr spürt große Leere und Sinnlosigkeit im Weltenrausch.
Ihr gehört zu jenen, die den Ruf vernehmen,
wie einst die Morgenlandfahrer
wieder eins zu werden mit Euch selbst.
Schwestern und Brüder im Geist.

Wir grüßen Euch aus unserem tiefsten schwingenden
urzeitlichen Wesen heraus und rufen Euch zu:
Erinnert Euch täglich ein wenig mehr, mit jedem
Atemzug, mit jedem Herzschlag an Eure wahre Essenz:
Liebe – ohne Bedingungen – ohne Grenzen. Es gibt
nur dieses Urgewebe strahlender Energie, das schwingt
im Einklang mit sich selbst.

*I*hr habt Euer ganzes Menschenleben dafür.
Jeder Moment der Zärtlichkeit mit Euch
löst in uns Fell-, Wurzel- und Gefiederwesen,
aus sichtbaren und unsichtbaren Sphären eine Welle
dieses unaussprechlichen Gefühls aus,
welches uns alle durchwebt und wirklich belebt.
Im Weltentraum sind wir ewig miteinander verbunden.

*W*ir danken Euch für Eure Offenheit und
Liebe zu uns. Genau in diesem Moment,
in dem Dein innerstes Wesen diese Zeilen
durstig aufnimmt, spürst Du es:

sEIN

*H*erzschlag für Herzschlag.
Atemzug für Atemzug.
Ohne Euer Zutun.
Es geschieht einfach.

*D*as unendliche ewige Bewusstsein
verdichtet sich zu dem einen •,
der weder an Zeit noch Raum gebunden ist.
Atmet und vereinigt Euch mit uns,
wir sind in Euch & Ihr seid in uns.

*I*n immerwährender Liebe und Zärtlichkeit
begleiten wir Euch auf Euer Seelenreise

EURE NATURBUDDHAS

Ava über
Zweibeinerzerbrechlichkeit

Wieder einmal laufe ich neben meiner großen Seele in Menschengestalt her und spüre ihr innerliches Gefühl der absoluten Bodenlosigkeit.

Was ich dazu meine, mmmmmhhhhh - na ja…

Ihr versucht es zu überdecken mit viel Aktivität,
doch in stillen Momenten beschleicht Euch das Gefühl,
dass nichts konsistent ist, die Erde ist wackelig und vulkanisch.
Es ist unendliche Angst.

Es bedarf großen Mutes in diesem bodenlosen Zustand zu verbleiben,
weiter zu atmen, offen zu sein.
Ich spüre meine Pfoten, schnuffele und bin ganz in meiner Welt,
sozusagen eine *natural born buddhist*.

Meine Zweibeinerin lehre ich mit meinem Sein in der
Zartheit und Zerbrechlichkeit des Momentes verweilen,
ohne Gedanken an gestern und morgen, in der Offenheit.

Diesen Zustand übend, sich wieder mit dem
Augenblick verbinden,
im Moment sein.

So, wie wir Vierbeiner eben sind,
stellt Euch einfach was Leckeres vor
und schon seid ihr ganz im Jetzt.
Euch läuft das Wasser im Mund zusammen.
Ich träume gerade von einem Knochen.

Alle großen Lebensfragen schmelzen zusammen im Jetzt:
EINatmen – **AUS**atmen, gehen
Pfoten spüren, schnuffeln, spielen,
fressen und ach ja,
zwischendurch ein geruhsames Dösen.

Tja, wir Fellnasen sind alle *Naturbuddhas*!

EURE AVA

AVA ÜBER
ZWEIBEINERÄNGSTE

Auf dem Stamm einer Weide sitzend,
mit Blick auf einen im Sonnenschein glitzernden See
schnuffle ich entrückt den Feldhasen nach,
mit halbem Ohr höre ich wie meine Zweibeinerin sich
mit einer anderen über Lebensbrüche austauscht.

Aus meiner ganzheitlichen Hündinnensicht hat diese
Vollbremsung in einer Menschenwelt,
in der ein Hochleistungsethos regiert, ihr gut getan.
Sie befand sich mit ihren Gedanken selten bei mir,
in der Freude des Spielens und Schnuffelns,
sondern gehetzt im Morgen und bei ihren Ängsten:

.
Wie soll es nur weitergehen?
Was soll ich tun?
Wann geht es mir wieder gut?

Ich will diese Menschenfragen gar nicht wiederholen, sie überfordern mich.
Ist nicht meine Welt!
Ich kann spüren, dass ihr das Eintauchen in meine Naturwesenwelt gut tut.
Sie läuft und atmet, spielt und ist im Moment.
Sobald die Menschenwelt sie wieder gefangen nimmt,
geht das Spiel der endlosen Gedanken wieder los.

Alles Trainingssache würde man in der Hundewelt sagen.
Je öfter Ihr den Ball werft und ich belohnt werde,
desto schneller merke ich, ups, das macht Spaß und ist lecker

Das gleiche Prinzip, liebe Seelen auf zwei Beinen, könnt Ihr ausprobieren.
Jedes Mal, wenn es Euch gelingt, aus dem Hamsterrad der
Sorgen und Befürchtungen auszusteigen, belohnt Euch.

Lobt Euch, wie kleine Kinder, die laufen lernen
oder wie Eure Vierbeiner, wenn sie das tun,
was Ihr möchtet: fein gemacht,
streicheln, lächeln und zwar täglich und immer wieder.
Heute warst Du spazieren, supergut, fein gemacht!
Ein kleiner Schritt nach dem anderen,
ein Atemzug nach dem anderen.
Ich kann Euch aus meiner weisen Sicht sagen,
ganz viele tägliche Wiederholungen können
Euer verinnerlichtes Kamikazeprogramm umschreiben.
Ich habe es bei meinem Lebenslehrling auf zwei Beinen erlebt.
Und wie bei allem, was Ihr uns beibringen oder selbst lernen möchtet:

GEDULD – LÄCHELN – LOBEN.

Bitte vergesst das Spielen und die Käsestückchen nicht!

EURE AVA

AVA ÜBER
ABSICHTSLOSIGKEIT

Ihr Menschenwesen auf unendlichem Selbstoptimierungskurs,
to-do-Listen und sonstigen Vorhaben.
Ich möchte Euch heute aus meiner Sicht über ein Leben
ohne Absichten erzählen, ohne konkrete Ziele.
Das Sein an sich erleben.
Euch Zweibeinern fällt das heutzutage besonders schwer:
eine Zeit ohne konkreten Plan.
Vielen gelingt das erst durch eine Krankheit,
eine Form der Zwangsauszeit.
Euer Leib[9] streikt dann,
wenn Ihr lange einfach funktioniert und den Träger,
das Kleid Eurer Seele, vergessen habt.
Jenen, die dank uns Fellnasenseelen wieder in die Natur zurückkehren
und dem Himmel beim Regnen zusehen,
wird ein Hauch dieser **Absichtslosigkeit** zuteil.

Wir erleben den Moment mit Euch,
wenn Ihr durch den winterlichen Matsch lauft
und dabei tief in Euren Bauch ein- und ausatmet.

Vor allem, weil unsere Absichten absolut vorrangig sind.
Schnuffeln, schnuffeln, spielen, markieren u. s. w.
Aufgrund der Tatsache, dass alle Wesen täglich atmen müssen,
ist das eine Übung, die keinerlei Zusatzanstrengung bedarf.

Nur daran erinnern
und Euch einige Jahre Zeit für den Wandel geben.
3 – 5000 Wiederholungen bis das
Gehirn neu programmiert ist,
also 10 Mal pro Tag.

Das Atmen[10] ist in seiner Wirkung für Euch unendlich stark.
Dann seid Ihr ganz bei Euch und unseren Wünschen.

Zudem ist die Tatsache, dass Ihr rein gar nichts dazu tun müsst,
außer dem Strom zu folgen, wie wir Vierbeiner leckeren Gerüchen folgen.
Ach, ich denke gerade an den Geruch von Feldmäusen.
Einfach ganz und gar atmen, sein, schnuffeln.
Dann seid Ihr Zweibeiner uns sehr nah – von Seele zu Seele.
Ach, ich bin soooo unendlich weise.

Leckerlies gleiten Euch viel leichter aus der Hand,
wenn Ihr mit unseren innersten Sehnsüchten verbunden seid.
Ich habe oben beschrieben, wie es geht.
Sensationell, oder?

Diese Momente gilt es wohlwollend auszuweiten,
tägliche ein paar Sekunden beim Gassi gehen wäre ein Anfang.
Ein paar Augenblicke um eins mit Euch zu sein und,
wenn Ihr uns ab und zu anlächelt, dann sind wir ganz bei Euch –
völlig absichtslos übrigens.

Eure Ava

Das Tor zum geheimnisvoll Weiblichen
nennt man die Wurzel der Schöpfung
aus Vers 6 Tao Te King[11]

FEDERICA ~
AUSGEBRANNT & NEUGEBOREN

Ich bin eine 17jährige Argentinierin, die über den Atlantik auf wankenden Planken nach Italien reist. Aufgrund meines sportlichen Talentes habe ich eine Karriere als Westernpferd in vielen Ländern Europas hingelegt, bis mich ein Fesselträgerschaden auf das Abstellgleis befördert.

Über den Kummer und die mangelnde Zuwendung der Zweibeiner bin ich innerlich zusammengebrochen. Ich reagiere auf fast alles allergisch, was fliegt und wächst.

Man nennt das auch Anpassungsstörung, manch ein Zweibeiner kennt das.

In einer Welt aus Leistungs- und Machtstreben bleibt manches, vor allem die Seele auf der Strecke.

Ein Systemabsturz verhilft, wenn Ihr möchtet, zu einer Richtungsänderung in Eurem Leben.

In Menschensprache bin ich ein Ekzemerpferd: mein Anblick rührt im Sommer zu Tränen.

Ein Knickohr ist zu meinem Markenzeichen geworden. Sämtliche Versuche mich zu heilen, schlagen bisher fehl, denn alle bisherigen Menschen wollen nur eins: ich soll wieder funktionieren, gut aussehen und etwas leisten. Pferde sind doch zum Reiten da, denken die meisten. Ich werde oft wieder verkauft.

Mein desaströser Zustand bringt mich in die Mecklenburgische Schweiz. Ein Chilene findet mich im Internet und bemüht sich über zwei Monate um mich. Er hat die Idee für alte und kranke in Südamerika geborene Criollos ein Gestüt zu gründen. Es soll *La Ultima* (die Letzte) heißen.

La Primera gibt es in Mecklenburg schon. Für ihn bin ich ein Stück Heimat.

Ich kann es nicht glauben, dass ich endlich ankommen darf und nichts mehr leisten muss.

Über die Jahre habe ich zwischen mir und den Wesen auf 2 Beinen eine Mauer aufgebaut.

Seine Gefährtin geht mit mir spazieren.

Einfach da sein dürfen und geliebt werden.

Diese Zuwendung lässt mich genesen, ihre Aufmerksamkeit und Anspruchslosigkeit.

Spazierengehen, viele Streicheleinheiten und eine echte Aufgabe für eine große Seele, wie ich es bin. Manchmal singt der *huaso* (Kuhhirte) eines seiner Lieder für mich.

Er spielt das Instrument der Engel, eine Harfe.

Bin ich eine Art Seelenharfe für die Menschenwesen?

Es ist nicht leicht für ihn, denn irgendwie rührt mein Zustand seine Seele an.

Natürlich zweifelt er oft an seiner Entscheidung, wenn er mein Leid sieht.

Es ist eben ein langer Weg diese Verletzlichkeit anzunehmen, die ich bei Euch auslöse.

Du meine Güte, ich bin im Dauerurlaub.

Mein pures Dasein berührt diese empfindsamen Seelen auf der Suche nach sich selbst.

Die berührbaren Seelen spüren meine Sensibilität: *ein Engel auf vier Hufen*, sagen sie zu mir.

Zudem habe ich einen echten Freund fürs Leben gefunden:

Paco. Aber, *es otro cuento*, wie wir Argentinierinnen sagen.

Fühlt Euch von mir verzaubert.

FEDERICA,
DIE 1. ERSTE CRIOLLOSTUTE VON *LA ULTIMA*

LIBELLEN -
DRACHENFLIEGERMUT

Drachenflieger aus dem Märchenreich der Tümpel,
Moore und Seen,
vier Flügel und schillernde Körper in allen Farben,
verbinden Euch mit dem Zauber, der allem innewohnt.
Wir werden im Engelland dragonfly genannt: Drachenfliege.
Flieg mit uns Drachen in das Naturreich, der Kraft Eures Geistes,
der alles verbindet.
Lest unsere Drachenbotschaft der freundlichen Selbstannahme
mit Euren inneren Augen,
streckt Eure Fühler und Flügel in kosmische
allumfassende libellinische Weisheitswolken.

Atmet und spürt tief hinein
in Euren Lebensmittelpunkt.

Fliegt in geistiger LEICHTigkeit durch Eure Lebensumstände,
nehmt Euch Zeit und Raum für Stille,
in der die wahre Verwandlung stattfindet.

Fühlt Euch verbunden mit uns Drachenfliegern:
All jene Menschenwesen, die Tage voller Selbstzweifel erleben,
die schwankenden Grund unter ihren Füßen wahrnehmen
und unter Unsicherheit leiden.

All jene, die sich nicht trauen ihren Talenten Raum zu geben.
All jene, die sich bisher nicht als einzigartige Wesen wert geschätzt haben.
Mit all jenen, teilen wir diese Schwingung der Drachenfliegerliebe:
Sprecht Euer Ja zum Leben, geht in die Gegenwärtigkeit,
lebt Wachheit, um die Zeichen zu erkennen und die Hilfen verstehen zu können.
Geht in das VerTRAUEN.

Traut Euch die Selbstzweifel einmal zur Seite zu stellen.
Gebt Euch Raum und Zeit und lasst zu, dass es sich fügen kann.
Verbindet Euch mit der Urliebe,
die nicht wertet und urteilt,
mit Eurer Seelenwahrheit und der allwissenden Weisheit.
Lasst die Schatten der Vergangenheit hinter Euch,
akzeptiert ganz und gar, was gewesen ist, damit Neues entstehen kann.

Erinnert Euch täglich daran und sprecht diese Worte:
Ich, Ausdruck allumfassender Liebe,
nehme mich an, so wie ich bin.
Kostbar und einzigartig.

Das Gehirn ist ein Programm,
liebe Menschenwesen,
es bedarf der Übung, diese Sätze zu wiederholen.
Findet Eure eigenen Formulierungen,
verbindet diese mit einem tiefen warmen Gefühl.
Erinnert Euch an eine wunderbare Erfahrung,
die Euch das Herz wärmt. Erleuchtet es mit goldenem Licht.
Fühlt Eure URkraft, dort lebt das Vertrauen in Euch selbst.
Damit könnt Ihr Freiheit und Freude leben.

EURE LIBELLEN-DRACHENFLIEGER

FEDERICA
ÜBER GROSSE ERWARTUNGEN

Liebe Erdenbewohner, ich bekomme derzeit viel Besuch von Euresgleichen, die in ihrem Leben sehr viel geleistet und gegeben haben. Auf der Suche nach neuen Horizonten und Kraftquellen kommen sie zu mir. Ich bin nur eine Stute vom Land, aber weit gereist.

Ich erlaube ALLen meine grenzenlose Wärme und Liebe zu spüren.

Ich fühle manchmal Traurigkeit und Güte, Hoffnung und Melancholie, die meine Besucher in sich tragen. Die Erinnerung an das Sein mit mir begleitet Euch auf dem Weg zurück zu Eurer Wesensnatur.

Ähnlich wie viele von Euch, komme ich aus einem Leistungssystem, das Menschenwesen Freizeitsport nennen. Wettkämpfe werden heutzutage zu verbissenen Egospielen. Die Freude bleibt auf der Strecke. Wir Pferdeseelen ertragen das häufig lange, erkranken an Gelenken, oder haben Unfälle, die unsere Reiter zu Pausen zwingen.

In diesen Phasen könnten Erkenntnisse stattfinden, die zu einer Richtungsänderung im Verhalten mit uns und vor allem mit Euch selbst führen. Die wenigsten nutzen das, sondern klagen, dass der Tierarzt, Physiotherapeut etc., versagt oder der Stallbesitzer nicht das richtige Futter hat. Die Verantwortung für Missstände und Leid wird an das Umfeld delegiert. Unter Druck und Stress kann kein Wesen, weder mit zwei noch mit vier Beinen, langfristig gesund bleiben. Ihr galoppiert sprichwörtlich über Eure fragile Seinsnatur hinweg.

In Eurem Lebenssystem wird dann die Erwartung an andere gestellt, das zu richten, was das Umfeld, die Umwelt, Ihr selbst oder Eure Familiensysteme verursacht haben. Ihr gebt damit die ganze Reparaturarbeit für Eure Seele, die verzweifelt versucht mit Euch zu sprechen an Ärzte, Heiler und Kliniken weiter, die alles auf Knopfdruck regeln sollen, als sei Euer Körper eine Maschine. Nicht vergessend, dass viele Symptome sich über Jahrzehnte auf Eurem Lebensweg entwickelt haben.

Wow, heute bin ich sehr konkret, Ihr lieben Seelen.

Ich möchte Euch Mut machen, gut zu Euch selbst zu sein, denn Ihr seid der wichtigste Mensch in Eurem Leben.

Ich weiß, es fühlt sich unfreiwillig an, wenn Ihr sehr leidet und Schmerzen habt. Aber, nur dann beginnt Ihr neue Wege zu gehen. Wenn Ihr leidet, möchtet Ihr schnellst möglich Heilung. Das ist ganz normal. Wir Pferde geben keinen Laut von uns bei Schmerz und ertragen vieles sehr lange. Ich weiß, dass unter Euch einige sind die lange Zeit lautlos leiden und glauben, dass es normal sei Schmerz zu ertragen.

Es geht mir nicht um Vorwürfe oder Beurteilungen, sondern das Geschenk zu sehen. Ja, ich weiß, Ihr Zweibeiner... ich sehe förmlich den fassungslosen Ausdruck in Eurem Gesicht. Es geht nicht um gestern und morgen, sondern JETZT seid Ihr auf dem Weg zu Euch.
Ist das nicht ein Grund zum Feiern?

Dadurch lernen wir uns kennen, denn Ihr lest meine Gedanken.

Dankbar dafür zu sein an einem Ort der Kraft in wunderbarer Landschaft mit uns verweilen zu dürfen. Ihr probiert Neues aus und öffnet Euch für Erfahrungen mit neuen Bewegungen, Philosophien, Farbe, Musik, Atmung und ganz viel Fell & Natur. Ohne Euer Leid und Eure Lebenskrise wärt Ihr nicht hier und wir würden uns nie kennenlernen. Die Wahrheit für mich ist, dass jeder Schritt in eine andere Richtung, sei es mit Eurem Körper anders umzugehen, lernen zu atmen, denn Euer Atem verbindet Euch mit Eurer Seele so wie wir, viel Übung und GEDULD braucht.

Ihr seid großartig und mutig. Ihr seid Helden des Herzens, die beginnen zu verstehen, dass dieses Leben ein Geschenk ist. Jede neue Erfahrung ist kostbar. Geliebte Menschenwesen, Ihr seid sowieso Heldinnen und Helden, denn Ihr lest meine Botschaft.

Ihr seid wunderbar und einzigartig.

Immer bei Euch: Federica

FEDERICA
ÜBER DAS ERZIEHUNGSKORSETT

Hier stehe ich nunmehr, eine argentinische Seefahrerin auf einer grünen Wiese und lerne loszulassen von alten Verpflichtungen und Gewohnheiten, immerwährend gleichen Handlungsabläufen.

Ein Abschied vom durchgeplanten Dasein.

Jahrelang kenne ich nur das Programm raus aus dem Stall, gesattelt werden und Übungen für Turniere absolvieren. Jahrelang ist das meine Criollostutenwelt im Sport, ohne, dass ich je darüber hätte nachdenken können. Ein Sportunfall und meine Allergie befördert mich in eine Pause mit Besitzerwechsel.

Ich frage mich: Was macht ein Pferde- und Zweibeinerleben eigentlich aus? Wollen wir wirklich geritten werden?

Wollt Ihr Menschenwesen das, was Ihr macht aus eigenem Antrieb oder, weil es Euch irgend jemand gesagt hat, diesen oder jenen Beruf zu ergreifen?

Weil es alle „so" machen?

Jetzt bin ich in einer Phase der „langen Weile" gelandet, die sich wundervoll und seltsam ungewohnt anfühlt. Eine große Seele geht mit mir spazieren, fährt mit mir Fahrrad. Ich laufe neben ihr her und genieße ausgiebig die Landschaft, die herrlichen Ausblicke in der Mecklenburger Schweiz. Ich sauge die Wellen und Hügel aus verschiedenen Grüntönen in mich auf.

Dennoch warte ich innerlich immer noch irgendwie auf die „böse" Überraschung. Kurze heftige Schmerztsunamis erschüttern mich. Ich spüre meine Begrenzung aufgrund meiner bisherigen Erziehung, auf andressierte Signale von Menschenwesen zu reagieren und alle Anforderungen schnell perfekt auszuführen, um nicht gemaßregelt zu werden. Die Angst vor dem Zurück ins alte Dasein: Training, Leistung, Schmerz beherrscht mich, ich bemerke es und schnaube tief ab.

Es ist nicht leicht, spüre ich, das wirkliche tiefe stille Loslassen von der eigenen Vergangenheit und den damit verbundenen Ängsten. So viele Jahre haben sich bei mir eingebrannt.

Kennt Ihr das Gefühl?

Gleichsam bin ich ganz im Jetzt, in diesem Moment bin ich voller Zärtlichkeit und Zuneigung für mich und für Euch. Das ist die Phase des Umlernens, wundervolle Augenblicke im Jetzt. Einen Huf nach dem anderen, geduldig.

Die Zweibeinerin will mit mir spielen, springt vor mir mit einem großen Ball herum. Ich bewege mich nicht, denn ich weiß gar nicht mehr, wie das geht.

Spielen???

Plötzlich blitzt in meiner Erinnerung die argentinische Pampa auf.
Unermessliche Weite, die ich als Fohlen genoss, eine große Herde, rennen, toben,
selbstvergessen.
Einfach Pferd sein dürfen.

Wann wart Ihr das letzte Mal ausgelassen wie ein Kind?

Mit meinen 18 Pferdejahren beginne ich ein neues Kapitel und befreie mich aus
dem Verhaltenskorsett, in das ich geschnürt wurde. Begrenzungen überwinden,
mich neu ausprobieren und Ängste loslassen.
Wir gehen diesen Weg gemeinsam.
Mit Euch spüre ich mich, mein großes Energiefeld des Loslassens und der großen
Kraft, die uns alle durchströmt.

Ach, liebe Menschenseelen, ich fühle, dass es einige unter Euch gibt, die das Thema
kennen. Einige haben die Sehnsucht danach wirklich im Sein anzukommen und
Eure Gaben zu leben.

Taucht dankbar in diesen Moment des völligen Bewusstwerdens ein und fühlt
den stillen See unterhalb der Geräuschkulisse des Denkens.

Ich, Federica, bin ein Feld der Genesung.
Ich schenke Euch VerTRAUen in den Lebensfluss,
so wie ich ihn gerade erlebe.
Jeden Augenblick ein wenig mehr.

Immer bei Euch,
Eure Federica

AVA
ÜBER DIE RECHTE GEISTESHALTUNG

Verehrte Zweibeiner: Wie wäre es, wenn Ihr Euer Leben mit all den Hochs und Tiefs einmal mit einem inneren Lächeln betrachtet.
Oder besser noch mit der Haltung, dass Ihr das verrückteste Wesen seid, das Euch je begegnet ist.

Ein Menschenwesen, das ich kenne, schaut gerade Videos über Humor von Vera Birkenbihl. Entzückend die Dame.

Wenn Ihr Euch ärgert und es trotzdem schafft 60 Sekunden Eure Mundwinkel hochzuziehen, so schüttet das Gehirn die gleichen Botenstoffe aus, wie bei einem echten Lachen.

Genial, finde ich!

Die Kunst ist sich an all die guten Hinweise,
die Ihr lest, dann zu erinnern, wenn es Euch gut geht. Trockenübungen.

Wir Vierbeiner können ein Lied davon singen,
was wir alles für Euch lernen sollen: Siiiiitz, Plaaaaatz, Pfötchen.
Na gut, oft ist das mit Belohnung verbunden.

Wie soll man das sonst auch überstehen?

Das wiederholt Ihr mit uns drei- bis fünftausend Mal und wir haben es gelernt.
Ihr braucht übrigens genauso lang.

Ihr müsst Euch für jeden Fortschritt loben und streicheln, so wie Ihr das mit uns Fellnasen macht.

Eine neue geistige Haltung beim Anblick von Würstchen, Knochen etc.
Na gut, da trieft es eher aus meinem Maul und ein Lächeln ist dabei unmöglich, aber auch der wildeste Instinkt kann kontrolliert werden.

Übung macht tatsächlich den Meister,
wenn der innere faule und träge Schweinehund einmal überwunden ist.
Ich frage mich gerade, was ein Schweinehund ist.
Hat den schon jemand gesehen?

Ich habe von vegetarischen Tigern in Burma gehört.
Fazit: *der Weg ist das Ziel*.

Mein Dasein ist ein Theater.

Die Welt eine Kulisse, in der sich jeder sein eigenes Stück anschaut.
Viele wollen und manche können nicht der Autor ihres Lebens sein.
Alles gut, wirklich!

Wenn es ein Drama ist, verstehe ich die Ablehnung.
Aber, wie wäre es für Euch, wenn es eine Komödie ist?
Schon anders, oder?

Wir Fellnasen begleiten Euch täglich mit unserem GleichMUT
und unserer Fröhlichkeit.
Werft Euch öfters ins Gras und wälzt Euch ausgiebig auf Mutter Erde.
Das tut so gut, diese täglichen wunderbaren Kleinigkeiten.
Sich über jedes Fressen zu freuen, als wäre es das Beste, was Ihr je gegessen habt.
Alles eine Frage der Haltung.

Ich finde es hilfreich, wenn Ihr Euch mit Fellnasen zusammentut.
Gemeinsam lernt Ihr alles, was wirklich bedeutsam ist.

Ihr nehmt Euch die Zeit zum Kuscheln, Knuddeln,
Gassi gehen, Leckerlies kaufen und trefft andere Fellnasenausführer.
Ihr übt mit uns Instinktkontrolle: *nein, nicht noch ein Schokoriegel*
und Euren inneren Schweinehund: *bei diesem Wetter gehe ich nicht vor die Tür*
zu überwinden.

Ach ja, wenn Ihr uns streichelt,
sinkt sofort der Stresspegel im Reptiliengehirn.

Ist das nicht eine geniale Droge?
Streicheln,
     streicheln,
         streicheln.
EURE AVA

Des Himmels Netz fängt alles auf.
Obwohl es grobmaschig ist,
schlüpft nichts hindurch.
Aus Vers 73 Tao Te King

ENTFALTE DICH

Glaube an Dich und habe Vertrauen,
dass der richtige Augenblick kommt.
Wenn Du mich erblickst, ein Pfauenauge
inmitten schönster Natur,
dann rufe ich Dir zu:
hab keine Angst vor Wandlung.

Lass von alten Glaubensätzen los.
Schau, wo Du Dich festgefahren hast
und halte inne,
kehre um oder schlage eine neue Richtung ein.

Du bist hier, um Erfahrungen zu machen,
die Deine Seele wachsen lassen in die Wertfreiheit.

Nimm die äußeren Erscheinungen wahr und
übe Dich im reinen Anschauen des Dramas,
der Komödie, die gerade im Außen aufgeführt wird.

Ich bin ein Botschafter für die zarte Schönheit,
die in Dir verborgen ist, Du Menschenwesen.

Wenn altes Leid Dich erschüttert und Wellen des Schmerzes
durch Dich fließen, nimm es wahr, nicht mehr und nicht weniger.

Atme ein und tief aus, ozeanische Wellen, die kommen und
gehen.
Halte Ausschau nach den kleinen Schönheiten, die überall
schlummern.

So, wie Du mich heute entdeckt hast und
Dich jetzt mit meiner Leichtigkeit verbindest.

Danke, dass Du den Blick abwendest vom Alten hin
zum Neuen, Dich mit meinem Schmetterlingsgeist
verbindest.

Du bist verletzlich und feinfühlig.
Gleichsam zart und schillernd sind meine
vielfarbigen Flügel.

Fühle meine Schwingungen,
die ich jetzt zu Dir sende.
Wir sind als himmlisch kosmische Wesen alle
miteinander verbunden,
in diesen Zeiten der tiefen Wandlung.

Fühle Dich von meinen Flügeln getragen zu neuen Erfahrungsufern.
Fliege mit mir in die Leichtigkeit.

DEIN PFAUENAUGE

Um das Wesentliche zu gewinnen,
muss das Unwesentliche aufgegeben werden.
Xingmin, Guizhi

AVA,
DER MENSCH
UND SEIN HANG ZUR UNZUFRIEDENHEIT

Ach, Ihr Zweibeiner, wenn ich Euch so zuhöre,
dann ist Euer Sein permanent durchdrungen von
Gedanken, Fragen, Zweifeln, Sorgen.

Euer perfektes Backrezept für die Unzufriedenheitstorte
und Unerfülltseinstörtchen.
Eine permanentes Umkreisen von Zukunftsfragen.

Als Alternative aktiviert Ihr Schmerz aus der Vergangenheit.
Zwischen Erwarten und Befürchten schaukelt Ihr hin und her.
Mir passiert das nur kurz, wenn mein Fressnapf vor meinen
Augen hin und her geschoben wird, dann werde ich nervös,
ansonsten bin ich im JETZT.

Darüber haben weise Menschenwesen meterweise Literatur veröffentlicht:
Gegenwärtigkeit. Im Hier und Jetzt leben.
Ratgeber wohin unser Fellnasenauge blickt.

Wenn wir Fell- und sonstige Naturwesen Euch etwas voraus haben,
dann das: Im AUGENblick sein,
zeitlos,
wir sind in dem was wir tun
– ganz und gar –
und sonst nichts.

Schnuffeln, fressen, schlafen, pinkeln,
völlig losgelöst von Zeit und Raum,
den Ihr Menschenwesen erfunden habt,
um Euch im Universum nicht zu verlieren.

Ich höre Eure inneren Monologe.
Ihr umkreist in die Zukunft gerichtete Sehnsüchte:
„Eines Tages habe ich genug Zeit zum Reisen,
genug Geld für was auch immer,
den richtigen Partner, die perfekte Wohnung etc.
Der jetztige Augenblick ist für Euch unterträglich,
innerlich lebt Ihr ein Leben im Flucht- oder Wartemodus, oder?
Das großen Warten auf Besserung!
Die Hoffnung stirbt bekanntlich zuletzt.

Zwischen Eurem Augenblick, in dem Ihr atmend seid,
der immer ganz und gar perfekt ist und Euren
unerfüllten Wünschen liegt das Universum.

Oohhhh sorry, die Unzufriedenheitstorte, dreistöckig mit viel Sahne.
Ihr rührt den Teig täglich hingebungsvoll, fügt ihm als Zutaten
weitere Wünsche und Zukunftsvisionen hinzu und esst zuviel davon.
Euch wird übel und ihr werdet der Torte überdrüssig.

Das heißt dann Krise, Depression und ist so wichtig für das Innehalten.
Allerdings tut Ihr Menschenwesen häufig so als hätte irgendjemand anders den
Teig gerührt und die Torte gebacken.

Unzufriedenheit breitet sich in Euch aus, wie ein Virus.
Umgeben von Infizierten ist ein Ausstieg aus dem Glaubenssystem,
dass das Beste irgendwann noch kommt, nicht ganz einfach,
aber dafür gibt es ja uns Fellnasen.

Ihr holt uns in Euer Leben, damit Ihr Euch daran erinnert,
dass es den Moment gibt.
Streicheln, entspannen, **SEIN**.

Unser Fell entspannt Euch von Innen heraus, echt jetzt.
Nachgewiesen durch Eure Wissenschaftler,
archaische Erinnerung an Schutz, Wärme und Nahrung.
Ihr seid halt noch immer Höhlenwesen.

Nun gut, Ihr Lieben, geht mit Eurer Hündin
(es darf auch ein Männchen sein)
vor die Tür, dann erlebt Ihr goldgelbe Sonnentage,
graue Wintermonate,
ihr spürt Regentropfen und lauft mit uns durch die matschig–moderige,
sonnig-trockene allzeit leuchtende Unendlichkeit.

Ade Wartemodus!

Das nennen wir Fellnasen *im Augenblick sein*.
Mit jedem Schritt könnt ihr Euch besinnen,
dass das ganze Glück des Seins in diesem einzigen
gedankenlosen Moment verborgen ist.

Hündinnenallerliebst,

Eure Ava

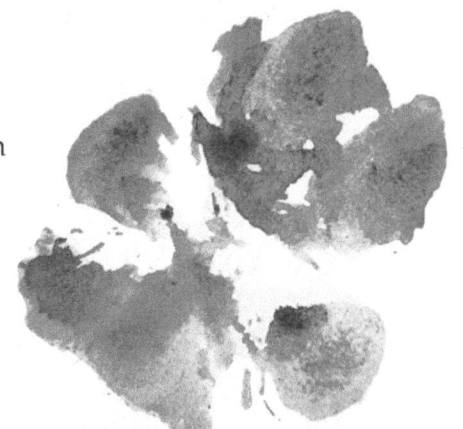

47

Avas Gedanken
zum Verliebtsein

Liebe Zweibeiner, aus meinem Herzen purzeln die Wörter in Eure Herzen hinein. Ich begegne diesem einzigartigen, wunderschönen, attraktiven Münsterländer und tolle ausgiebig mit ihm über die Mecklenburger Wiesen. Die Hormone rauschen durch mein Blut, ich küsse ihn ausgiebig und finde wir passen einfach gigantisch gut zusammen.
Ich bin einfach sooooo verliebt.
Eine durch und durch inspiriende ekstatische Begegnung. Das, was Ihr Menschenwesen verlieben nennt, wenn Ihr ein attraktives Gegenüber mit Eurer Nase erschnuffelt. Und bei uns Weibchen pulsiert die Hoffnung, endlich das perfekte Alphamännchen gefunden zu haben, der unseren Genpool bereichert. Ja, Ihr lieben Wesen auf zwei Beinen seid echte Urviecher was die Partnerwahl angeht.

Über die Nase selektiert ihr potenzielle Väter und Mütter für Eure
Nachkommen.
Meine große Seele auf zwei Beinen beobachtet unser Spiel, die Küsschen,
das ausgelassene Herumtollen. Der Zauber des Anfangs, der dazu führt sich
auf jemanden einzulassen, um nach einiger Zeit festzustellen, dass das, was
Partnerschaft genannt wird, knallharte Arbeit an Eurem zum Teil recht großen
Schatten ist. Partnerschaft ist freiwillige Therapie auf Zeit.

Wuff, anstrengend dieses Konstrukt. Es beginnt so schön mit romantischen
Abendessen, Kinobesuchen, versprochenen Reisen und Pralinen. Nach einigen
Monaten in einer gemeinsamen Hütte wird daraus ein unaufgeräumtes
Schnarchkonzert mit Vorhaltungen.

Alle Liebesgeschichten in Form von Erwartungen, Bedingungen, das ewige Blicken auf den anderen und dessen Handlungen, halten Euch in einem Universum zwischen Planet Schmerz und Planet Denker gefangen.
Euer eigener Stern gerät für drei bis sechs Monate aus der Umlaufbahn.
Ihr reist in galaktisch schöne hormongetränkte Universen und irgendwann schleudert Ihr zwischen Hoffen und Fürchten durch die Galaxie der großen Erwartungen und des Leides mit der Frage, ob das jetzt immer so weitergehen soll, diese Achterbahnfahrt des Irrsinns genannt Partnerschaft.

Liebe Menschenwesen,
atmet,
spielt und freut Euch,
dass Ihr Euch eigentlich nur um Euren eigenen Planeten und das Universum in Euch kümmern müsst, nicht um irgendwelche anderen Galaxien.

Ich weiß, es ist nicht leicht auf die Droge des Schmerzes zu verzichten, um Euch zu spüren.

Die Versuchung den anderen als Quelle von Freude und Leid anzusehen,
ist unendlich verführerisch.
Das ist Hollywoodkino, aber nicht der Alltag.
Es ist eine Reise ins Zentrum des Universums,
wenn Ihr Euch entscheidet, es uns gleichzutun:
die Welt dreht sich nur um uns selbst, es ist ein großes Spiel.

Deshalb sind wir Fellnasen eng an Eurer Seite und zeigen,
wie es geht im Augenblick zu verweilen.
In der Hoffnung Eure Herzen inspiriert zu haben.

IMMER IN LIEBE, AVA

PS. der Münsterländer war soooo toll...
ich werde ihn nie vergessen

Ava sinniert
über den Zweibeinergeduldsfaden

Ein Aufruf an meine zweibeinige Weggefährtin: Geduld mit Deiner Seele, hab keine Angst, das Leben trägt Dich! Sie ist ein Feuerpferd und galoppiert gern mit Überschallgeschwindigkeit über ihre Seele hinweg, die vor allem Zeit braucht und ganz viel Vertrauen.

Vor allem jetzt, nachdem sie ihr Nest in der Heimat aufgegeben hat und sich erstmalig auf sich selbst einlässt, ohne doppelten Boden. Zweibeiner würden es Partnerschaft nennen, aber ich nenne es ein wirkliches Anschauen im Spiegel ihres Selbst.
Wow – heute bin ich echt inspiriert. Muss jetzt erst mal dösen.

Ihr Gegenüber ist ein sehr talentierter Künstler, exzentrisch, dogmatisch, egoistisch und gleichzeitig sehr humorvoll, liebevoll, unterstützend und ganz im Augenblick, wie wir Fellnasen.
Eine Gabe zweifelsohne.
Für meine Menschenseele die maximale Herausforderung - im Jetzt zu bleiben – ohne mit den Gedanken zwischen Hoffnung und Befürchtung zu reisen.
Und wie es so ist, jeder von Euch bekommt das Maximum an Lernaufgabe.
Na ja, und so genau hat sie sich in ihren Persönlichkeitsfacetten noch nicht angeschaut.
Eine echte Megaherausforderung, im übrigen auch für mich, denn von uns Vierbeinern hat er nicht so viel Ahnung. In Südamerika geht es eher rustikal mit uns zu.
Nun, wie inszenieren wir mehr Ruhe im Sturm? Mit Bewegung. Sie schwingt sich aufs klapprige Rad.

Ich renne neben ihr auf dem Asphalt, den meine Pfoten lange nicht mehr gespürt haben, denn jetzt bin ich ein Landei. Ich habe danach eine Blase an der Pfote und humpele am nächsten Tag. Sie weiß sofort, es war zu viel für uns beide. Schmerzvolle Erfahrungen.

Ich höre die Stimme ihres Angstspiegels, in Form eines Partners, der sie täglich bombardiert, nach Sicherheit und Planbarkeit ruft, danach sich ins System zu integrieren. Sie ist sehr laut und erschüttert ihre zarte Menschenseele bis ins Mark. Ich mache mich ganz klein, krieche an ihre Seite und zeige ihr, wie sie ihr kleines inneres Wesen beschützen kann. Ich mag kaum laufen und so ruhen wir beide von diesen für sie riesigen Schritten auf dem Sofa. Seite an Seite, Fell an Haut. Sein, jeden Moment wieder, ohne das Wort Partnerschaft, Beziehung. Sondern einfach immer wieder von allen Konzepten loslassen, die Sicherheit wollen. Sie ist mir, er ist mein. Nein.

Lass los und *sei Dir selbst die beste Freundin.*

Ich möchte Euch noch eine wunderbare Anekdote erzählen: Sie sitzt neben ihrem Pferd auf der Pferdekoppel und eine schneeweiße Connemarastute trabt auf uns zu. Die Stute macht vor ihr halt und bläst ihren Atem in ihr Haupt.

Sie atmet sie,

 ist im INNersten berührt,

kann endlich loslassen und Geschenke annehmen.

Die Stute freut sich, dass jemand ihre Sprache spricht und ruft ihr zu:

Bleib Deiner Vision treu!

Bleib ganz bei Dir!

Nun liege ich neben ihr auf der Wiese.

Sie spürt meine LIEBE, nur darum geht es.

Auf bald,

EURE AVA

Erkennst Du klar, dass sich alle Dinge verändern,
dann wirst Du an nichts festhalten wollen.
Vers 74, Tao Te King

Paco
über die dunkle Nacht der Seele

Als höchst sensible einfühlsame Samtnase spüre ich die Seelennot, wenn sie mir begegnet. Erdenmenschen haben das Wort Depression dafür. Mystiker aller Religionen kennen diese wirklich wesentlichen Wandlungsphasen der zarten Menschenseele.

Es ist *die dunkle Nacht der Seele*, das Gefühl sterben zu müssen, jegliche Anbindung und Hoffnung verloren zu haben.

Ich spüre bei Euch Menschenwesen, dass Liebe und Zuwendung von uns Huftieren heilsam ist, Balsam für die Seele. Genau in dem Moment Eurer tiefsten Not komme ich vom hintersten Winkel der Koppel zu Euch galoppiert und berühre Euch zart mit meinen samtigen Nüstern. Manchmal stupse ich Euch auch, damit Ihr spürt, dass es Wesen wie mich gibt, die Euch so lieben, wie Ihr seid.

Ihr berührt mein Fell und das ist der innigste Moment.

Zwischen Euch und mir entsteht ein Band der Wärme und Annahme.

Edle zarte Seelen seid zärtlich mit Euch und lernt Euch wert zu schätzen, liebevoll anzunehmen, so wie Ihr seid, mit allen Fehlern und Unzulänglichkeiten.

Ihr seid wunderbar, so wie Ihr gerade seid.

Ihr wärt nicht bei mir auf dieser Koppel in der schönsten Natur der Mecklenburgischen Schweiz, ohne diese Krise.

Ist das nicht wunderbar, dass Ihr neue Horizonte des Fühlens und des Seins erkundet?

Selbst, wenn sich jetzt in Euch Widerspruch regt, der ewig kommentierende Kritiker (Verstand), der vor sich hin klagt, dass der Schmerz endlich vorbei sein soll und Ihr ein *normales* Leben wollt, stellt sich die Frage, ob Ihr ohne dieses Leid wirklich etwas an Eurem Leben ändern würdet?

Zurück zum Grasen also den wirklich wesentlichen Beschäftigungen für ein Pferd.

Ihr seid bei mir und könnt jederzeit dieses Gefühl der Verbundenheit mit Euch in Eurem Herzen hervorholen.

Über uns rauschen die Flügelschläge einer Schwanengruppe
und etwas weiter entfernt krächzen die Raben ihr Lied.
Tiefe Atemzüge begleiten das Sein im Jetzt,
spürt den Boden unter Euren Füßen
und verbindet Euch mit Eurer inneren

    QUELLE.

EUER PACO

Sein und Nichtsein erzeugen einander.
...Vorher und nachher folgen einander.
Daher lebt der Weise offen mit scheinbarer Dualität
und paradoxer Einheit.
Aus Vers 2, Tao

NOXI EMPFIEHLT:
SPRENGT EURE DENKSCHUBLADEN

Für mich ist es eine fundamental neue
Erfahrung durch den Schnee zu hüpfen.
Als Snoeshoe finde ich das einfach himmlisch,
endlich meinen Rassenamen zu leben.
Ich habe auf Mallorca das Licht in dieser
Dimension erblickt,
eigentlich stamme ich von Sirius.
Ich sehe förmlich Euer Stirnrunzeln bei dem
Gedanken ich sei von einem anderen Stern,
dazu später mehr.

Meine damaligen Zweibeiner trennen sich.
Ich lande in einem Katzentierheim in Frankfurt am Main,
um meine Sternenbestimmung zu erfüllen.
Im Jahre 2012 treffe ich diese wortgewandte Menschenseele,
die fünf Jahre später nach gewaltigen Transformationsphasen
den Mut hat ihr veraltetes in Gewöhnung zementiertes Leben
loszulassen, um ihren Traum von einem sinnhaften Tun mit
uns Vierbeinern in der einmalig schönen, eiszeitlich geprägten
Landschaft der Mecklenburgischen Schweiz zu leben.
Diese Geschichte hört sich gut an. Na ja, der eigentliche Traum ist
romantischer Natur. Ein anderes männliches Menschenwesen lockt
sie in die Pampa, aus der ihre pommerschen Vorfahren stammen.
Mit der emotionalen Liebe ist das so eine Sache.
Wie dem auch sei, zurück zum Wesentlichen: *zu mir*.

Wir Katzenwesen sind als Zenmeister geboren. Wenn Ihr uns
lange beobachtet, wird Euer Innerstes berührt. Wir ruhen
in uns und überall in Euren Kleiderschränken und Kissen.
Unser wundervolles Schnurren wirkt harmonisierend auf
Eure Herzfrequenz (wir sind echte Meister) und unsere
anmutige Schönheit hat uns zu den erfolgreichsten vierbeinigen
Gefährten in der Zweibeinerwelt gemacht.

Jetzt bin ich ein Freiluftkater, der friedlich mit den Kriegerkatern des Dorfes auskommen möchte. Man muss schließlich als Zenkater große VISIONEN haben. Einen sinnhaften Fixstern, für den es sich zu leben lohnt. Habt Ihr den schon für Euch gefunden?

Ich inspiriere meine Zweibeinerin zum Surfen im Internet, dem kollektiv telepathischen Netz. Sie landet bei Danah Zohar: *IQ?*, *EQ?* *SQ!* Sie ist ganz verzaubert von dem Begriff der spirituellen Intelligenz SQ.

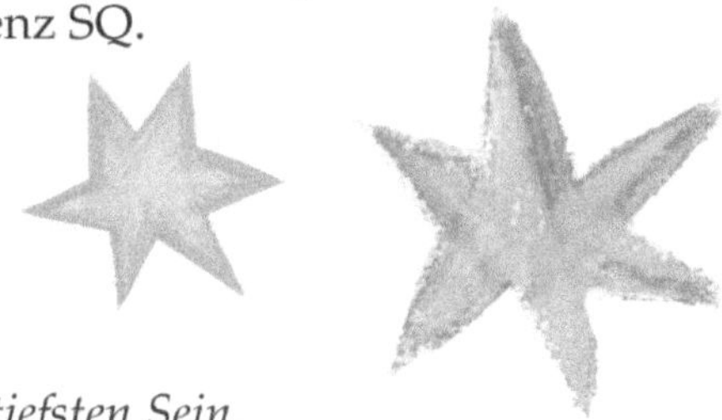

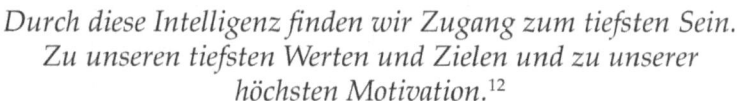

Durch diese Intelligenz finden wir Zugang zum tiefsten Sein. Zu unseren tiefsten Werten und Zielen und zu unserer höchsten Motivation.[12]

Das muss ich auch erst mal verstoffwechseln.
Ich bin also ein *natural born SQ Kater*!

Zu dieser Form der Intelligenz gehört auch, das Ihr Euch
fragt, wer Ihr seid, woher Ihr kommt und wie Ihr auf
diesem Planeten leben wollt. Die menschliche Fähigkeit alte
Denkschubladen zu sprengen und neue Ideensysteme zu
erforschen, fasziniert mich besonders.

Eine super Übung für Euch eingefahrene Wesen
auf zwei Beinen, die immer auf den gleichen
Denkautobahnen unterwegs sind, lautet:
Abbiegen und die Landstraße des üblichen
Denkens verlassen, um Unglaubliches zu denken.
Kann es sein, dass ich, Noxi von Sirius bin?
Warum nicht?

Jenseits aller Glaubenssätze über das Universum eröffnen sich Galaxien von skurilen Zusammenhängen, die einem den Boden unter den Füßen weghauen, so Einstein zur Quantenmechanik. Star Trek Liebhaber wissen, was ich meine. Ihr werdet schöpferischer und erlaubt Euch ganz neue Pfade im unendlichen Feld der Möglichkeiten einzuschlagen. Das kann Tage, Wochen oder Jahre dauern, aber wesentlich ist der MUT und Selbstvertrauen, eine Pfote vor die andere zu setzen.

So, wie ich als Sternenbruder und Zenkater jetzt in der Mecklenburgischen Schweiz ganz neue Pfade entlangschleiche, was für mich mit großer Aufregung verbunden ist. Ich erlebe noch nie da gewesenes in der Welt der ungeahnten Zenkatermöglichkeiten.

Ich wünsche Euch den Mut Neues zu denken, UnGLAUBliches zu erleben und Eurem Fixstern treu zu folgen.

VON EINEM SIRIUSKATER AN ERDLINGE

NOXI ÜBER DAS ANDERSSEIN

Meine Erdenbewohnerin hat es von Anfang an richtig erkannt: ich bin ein Sternenbruder von Sirius. Ich bin nicht wie andere Kater. Katzengesellschaft ist für mich nicht wirklich spannend. Ich spiele lieber mit Ava, einer Hündin nach meinen Regeln, stärke das Sternennetz in dieser Dimension und erINNere meine Erdlingsfrau daran, dass alle Wesen Sternenstaub in sich tragen.
Ja, ich bin anders.
Für viele Erdlinge ist diese kosmische Dimension seltsam oder furchterregend.
Egal, als Kinder waren Traum- und Märchenwelten der Wirklichkeit gleichgestellt.
Vielleicht ist dieser Gedanke hilfreich für Euch?
Das Anderssein ist für viele Erdlinge ein großes Thema, dass sich nicht zugehörig fühlen.
Dinge wahrzunehmen, die andere nicht spüren. Eine überdurchschnittliche Feinsinnigkeit, die das Leben unter Menschenmassen eher schwer macht.
Und der Versuch sich an starre Strukturen anzupassen, reißt Euch die Seele auseinander.

Es geht um eine Umpolung in Eurem Geist, liebe Menschenwesen, der erste Schritt ist immer ein geistiger. Ich weiß als Siriusbewohner wovon ich spreche.

Mit einer Pfote weile ich hier und der Rest ist in unendlichen Galaxien unterwegs. Der Freund meiner Erdlingfrau ist immer wieder erstaunt, dass ich auf nichts reagiere, wenn ich offiziell schlafe, was die wichtigste Beschäftigung aller Katzen ist. Ich befinde mich auf Reisen im Universum und lade die Tankstelle auf, um hier bei Euch meinen Job zu machen.

Mein Auftrag ist Euch an die Energienetze zu erinnern, die Ihr im Bewusstsein tragt. Ihr nutzt nur einen kleinen Teil Eurer DNS. Je nachdem, welche Gedanken Ihr hegt und pflegt, dockt Ihr an unterschiedliche geistige Sphären an, die Euch beflügeln können.

Dankbarkeit für regelmäßig leckeres Futter und Streicheleinheiten ist eine wichtige Dimension des Seins aus Katzensicht.

Das ist für Erdlinge extrem wichtig, die sich „anders" fühlen, die anderes wahrnehmen, die sich nicht zugehörig fühlen und oft den Impuls haben, aus dem genormten Leben ausbrechen zu müssen.

VER-rückt, genial und originell sein,
verehrte Seelen, erlaubt Euch anders zu sein und nehmt Euch so an.
Der Rest ist immerwährende *zärtliche Übung*,
mit viel Streicheleinheiten und schnurren,
nicht vergessen, da bin ich dann doch ganz Erdenkater.

EURER NOXI VON SIRIUS

Ein Fohlen über Zartheit

Noch nicht einmal 24 Erdenstunden sind vergangen, seitdem ich den warmen und zuletzt etwas engen Bauch meiner Mutter verlassen habe. Ich liege entspannt im Stroh, wohlbehütet und versorgt. Mein Fohlenleben beginnt mit dem Besuch von Menschenwesen, die noch nie ein frisch geschlüpftes Huftier gesehen haben. Ein Wunder der Natur bin ich.
Ich spüre wie Euch meine ZARTheit berührt, tief im innersten Winkel Eures Seins schwingt diese Empfindung, die mein Anblick auslöst.
Es ist vielleicht eine ferne Erinnerung an Eure Geburt,
an Zerbrechlichkeit und SANFTheit,
an die Neugeburt nach einer tiefen Krise.

Lasst Eure Gedanken beim Anblick meines Bildes frei fliegen.
Euer kostbares Herz, ein zartes kleines Pflänzchen,
das wie ein Fohlen mit guten wohlwollenden Gedanken,
Dankbarkeit über das Wunder des Lebens,
mit Wärme und viel leckerer Stutenmilch gehegt
und gepflegt werden möchte, damit es groß und stark wird.

Lasst diese Empfindungen durch Euer HERZzentrum fließen
spürt diesem Gefühl nach, wenn Ihr mich anblickt.

Ich möchte Euch eine Brücke sein zu diesem wunderbaren Wesen,
das Ihr in Euch tragt.
Gebt Euch selbst viel Zuwendung und Sanftheit
bis Ihr Euch gegenüber diese große Liebe empfindet,
die Euch in meiner Gegenwart durchpulst.

Seid zärtlich mit Euch,
so wie Ihr es seid,
wenn Ihr mein samtiges Fell berührt.

EIN FRISCH GEBORENES FOHLEN

GESPRÄCH MIT DEM
URVATER DER EICHEN

Hüter des Wissens, der Weisheit und der Liebe zu den Menschen.
Ruhe, Vertrauen, tiefste Verwurzelung im Sein.
Keine Fragen mehr, nur Elemente.
Wohnstatt der Elfen, Gnome und Feen.

Ehrt uns, achtet unseren Raum
Kathedrale des Seins im Garten des Lebens
Altar aller Baumwesen, Elfen und Gnome.

Möget Ihr heilen würdige Wesen, die Ihr uns besucht.
Eure Seelen sind geläutert,
erfüllt mit goldenem LICHT,
das auch wir hier so dringend brauchen.

Eure Erleuchtung ist unser Lebenselexier,
unser Nektar,
reist zu uns, wann immer Ihr könnt
und singt mit uns das Lied des LEBENS,
der Freude und der Heilung.

ICH DANKE EUCH ALS URVATER ALLER EICHEN

WALLACH DON PACO
ÜBER DEN SCHMERZKÖRPER

Gerade lausche ich einem Gespräch, in dem leid- und schmerzvolle Themen aus der Vergangenheit erzählt werden. Ich spüre, wie bei Euch Menschenwesen alle Sensoren im Innersten rot leuchten und das Erlebte wieder in Eurem Körper und Geist aktiviert wird.
Es erscheint mir überaus seltsam aus Vierbeinersicht, Dinge, die vorüber sind, immer wieder ins Jetzt zurück zu holen, indem darüber geredet wird.
Fast, wie eine Lust am Schmerz?

In jedem Fall freut sich der Schmerzkörper über Futter, wie ich mich über Hafer, obwohl das eine ganz andere Ebene ist und doch ähnlich, eine Art Konditionierung.

Dieses energetische Wesen Schmerzkörper formt sich aus Euren Gedanken, die häufig angstvoll in die Zukunft reisen oder Erlebtes aus der Vergangenheit reaktivieren – oder – zwischen Hoffnung und Befürchtung pendeln.
Alte Verletzungen warten förmlich darauf Futter in Form von Aufmerksamkeit zu bekommen.

Wir Pferde begleiten Euch dabei, mit uns im Moment zu sein.
Laufen, fressen, atmen, es geht nur darum und zwar mit Haut und Haar.
Wir sind als Fluchttiere ganz im Jetzt.
Es knallt irgendwo, wir erschrecken und machen einen Sprung zur Seite
oder galoppieren los. Eine Sekunde später ist die Gefahr vorüber und wir
beschäftigen uns mit dem Wesentlichen: weiter grasen. Ein Talent, eine Haltung,
ich weiß nicht, wie ich es nennen soll.
Aus meiner weisen Pferdesicht eine lernenswerte Angelegenheit: wenn Ihr mit
uns Zeit verbringt, dann könnt Ihr das Sein im Jetzt leichter üben.
Unser Feld hilft Euch, Euren Körper ganz zu bewohnen.
Wir sind die Medizinwesen der Zukunft, eine Hochpotenz des ganzheitlichen
Seins. Zudem sind wir imposant, edel, schön und eben Naturbuddhas.
Besser geht es nicht, oder?
Wen wir einmal mit dem Pferdevirus infiziert haben, der wird ihn nicht wieder
los.
Versprochen!

EUER PACO

Paco ~ Seelenspiegel

Gerade beginnt mein neues Leben: eine gemischte Herde, so wie in meiner Kindheit. Stuten, Fohlen und Wallache zusammen auf einer riesigen, großen Koppel.
Mecklenburgische Weite, in der sich der Blick am Horizont verliert.
Was für eine Freude!
Ich kann mich in den ersten Tagen nicht lösen von meinen neuen Herdengenossen und mutiere zum Hengst, bei so vielen attraktiven Stuten. Das bringt meine Erdlingsfrau an ihre Grenzen und führt sie zu ihren Seelenthemen. Diese unbändige Urkraft, die ich ausstrahle, das mich nicht halten und bremsen können, wühlt etwas in ihr auf. Ein paar Tage dauert es, dann ist sie mit ihrer Angst verlassen zu werden in Berührung gekommen.
Sie hat viel mit mir und von mir gelernt. Sie hat aus ihrem Innersten heraus verstanden, dass ich sie spiegele und ihr zeige, wie es ihr wirklich geht.
Manchmal dauert es ein wenig, wenn sie nicht mit sich in Kontakt ist.
Ich lehre sie, dass bei mir mit Druck nichts geht, bei ihr übrigens auch nicht.
Alles braucht seine Zeit, so auch die Eingewöhnung in ein neues Umfeld.

Sie hat ihre Wurzeln ausgerissen und sucht immer noch ihren Platz.
Geduld und Vertrauen sind die Gaben, die es weiter zu entwickeln gilt.
So sehe ich das als weises Wesen auf vier Hufen.
Das SEIN mit uns ist ein Geschenk für Euch.
Eine Rückkehr in archaische Dimensionen des Seins.

Ohne uns Huftiere wäre Eure Entwicklungsgeschichte anders verlaufen.
Wir haben ein großes „Feld", das Euch in andere Dimensionen trägt.
Wir sind weder Sportgeräte noch Kuscheltiere, sondern Wesen, die Euch mit
Eurem Innersten in Berührung bringen können.

Dafür müsst Ihr Euch einlassen können und uns als Seelen verstehen, die wir
sind.

Für viele Erdenbewohner ist die Erfahrung des Getragen werdens schon ein Meilenstein, das erlebt Ihr nur in der Kindheit.

Nachdem Ihr Euch so angestrengt habt, alles allein zu schaffen, könnt ihr endlich mal wieder loslassen auf unserem Rücken.

Was für ein SEGEN diese Erfahrung machen zu dürfen.

EUER PACO

Das trübste Wasser wird klar,
wenn es still wird.
Aus dieser Ruhe
entsteht das Leben.
Vers 15, Tao

IM TEMPO EINER SCHNECKE

Um mich zu entdecken, müsst Ihr Erdlinge langsam gehen, schreiten sozusagen, denn ich bin winzig klein und seeeeehr langsam. Die Wahrscheinlichkeit, dass einer Euer Füße mich eher erwischt als Euer Auge, ist sehr groß.

Aber heute ist mein Glückstag.

Mein wundervolles farbiges Gehäuse und meine Langsamkeit, mein Dahinkriechen über Stock und Stein lassen dieses Menschenwesen beim Spaziergang mit ihrer weisen Hündin Ava innehalten. Sie hat ihr uraltes Mobiltelefon dabei und fängt meinen Schneckengeist im Bild ein.

Ich spüre ihr Gefühl der Rastlosigkeit, ein großer innerlicher Druck, der sie dazu verleitet zu viel körperlich zu arbeiten. Ich nehme als hochsensibles Schneckenwesen, ihren Muskelschmerz wahr, der sie seit über einem Jahrzehnt, wie ein treuer Freund begleitet.

Der Schneckenweisheit sei es gedankt, dass diese Seele all das wahrnimmt und mich um meinen Rat bittet.

Zu Hause angekommen, beim Kaffee mahlen, flüstere ich ihr das Wort Schneckentempo ein. Dann meldet sich eine Freundin aus der Heimat, deren Kosewort Schnecki ist. Auch sie nimmt sich nach vielen Jahren des Funktionierens, nicht genug Zeit für Muße und für sich. Alle anderen und deren Bedürfnisse sind immer wichtiger.

Liebe Menschenwesen schaut mich Schneckenwesen an.
Mein spiralförmiges einzigartiges Haus und entdeckt meine Langsamkeit.
Es geht um das INNEhalten, wenn ich Euren Weg kreuze, zieht Euch in Euer innerseelisches Schneckenhaus zurück, um Kraft zu sammeln und alles zu verarbeiten.
Ihr gelangt dadurch wieder in Eure Mitte,
dreht Euch nicht dauernd im Kreis alter Themenfelder.

Meine Haus ist spiralförmig und so möge Euer Weg sein. Tief hinein ins Innere und durch liebevolle Erkenntnis gestärkt, bewegt Ihr Euch wieder hinaus ins Licht.

Eile mit Weile, wenn ich Euch begegne,
dann verkriecht Euch tief in Euer Seelenhaus.

AUS TIEFSTEM SCHNECKENHERZ IN EURE SEELE GESPROCHEN

Arbeite ohne zu tun.
...Sieh Einfachheit im Komplizierten.
Erlange Größe in kleinen Dingen.
Aus Vers 63, Tao

AVA ÜBER GELASSENHEIT

Ach, wenn ich mein Menschenwesen wahrnehme, dann wünsche ich ihr noch mehr GeLASSenheit.

Ich habe zum Beispiel gelernt, dass es keinen Sinn macht, einen Feldhasen zu jagen. Ja, ich mache mir natürlich den Spaß hinterher zu flitzen, aber dann lasse ich ihn laufen, ich kann es sEIN lassen.

Besonders freue ich mich, dass ich von der Leine gelassen werde.

Sehr metaphorisch für Zweibeiner: Loslassen.

Eine echte Herausforderung und Vertrauensprüfung.

Da beginnt für mich Gelassenheit, indem ich meine Grenze erkenne: ich bin keine Langstreckenläuferin, sondern ein Hütehund.

Deshalb renne ich los, drehe einen Kreis und komme zurück.

Wunderbare Übung für meine Zweibeinerin.

Sie kann mich loslassen und lernen, etwas laufen zu lassen, klar, sie bekommt Herzrasen, wenn ich über die Hügel renne und sie mich nicht mehr sieht, aber meine Nase ist einfach zu gut. In all den Jahren bin ich immer wieder zu ihr zurückgekehrt.

Trotz dieser Erfahrung spüre ich ihre Angst.

Eine Vertrauensübung für sie.
Loslassen: was geschieht, wird geschehen.
Weniger kontrollieren und eingreifen: zulassen,
dass die Dinge geschehen können.
Selbst, wenn sie dauernd versucht, alles korrekt und richtig mit mir zu machen.
Wie anstrengend.
Mal ganz ehrlich, Ihr Wesen auf zwei Beinen, es kommt immer auf den Standpunkt
an.
Was ist schon richtig und falsch?
Das ist, als ob Ihr nur einatmen wollt, oder?
Die Erfahrung zählt. Das Menschengehirn lernt durch Fehler und Leid neue
Verknüpfungen zu bilden. Deshalb einfach mal etwas SEIN lassen und mit
Genuss schnüffeln, schmausen, spielen und viel schlafen.
Das wünsche ich ihr und Euch von ganzem Hündinnenherz.

Eure Ava

EIN KRANICH
ÜBER DEN AUGENBLICK

Ein azurblauer weiter Himmel,
Federwölkchen begleiten meinen Flug durch die Lüfte,
glänzendes Gefieder strahlt im Sonnenschein des Februar:
Ich erblicke Dich, edles Menschenwesen auf Deinem Weg durch die Welt,
ganz im Moment, dann wieder hinausgeschleudert durch Gedanken, die sich
mit Emotionen verheiraten und daraus endlose Geschichten weben.
Nimm Abschied mit jedem Atemzug von Deiner Geschichte.
Es ist diese Gegenwärtigkeit mit der Du mich wirklich siehst und fühlst,
erscheinst plötzlich im hellen Licht.
Jetzt ist sie da.
Spürst Du diese Unbändigkeit?

Übe weiter, geliebtes Wesen mit jedem Schritt
und jedem Atemzug das Sein im Jetzt.
Das Schweben durch die Weite des grenzenlos erscheinenden Himmels.
Wie fühlt sich das für Dich an?
Erkenne Deinen Denker, der immerfort zumeist Unnötiges denkt und zweifelt.
Höre auf Deinen Atem, er trägt Dich, ohne zu fragen.
Es atmet durch Dich hindurch, ganz ohne Dein Zutun.
Folge Deinem Atemstrom, wie meinem Flug durch die Lüfte.
Schwebe in der Gegenwärtigkeit des EINSseins mit mir
durch die endlosen blau getränkten Sphären.

Fühle Dich umfangen von meinem Gefieder
und getragen in diesem Augenblick von mir
und meinen gefiederten Gefährten.

Ein Kranich

FLEDERMÄUSE
UND DER SIEBTE SINN

Ich begegne Dir als Botschafterin jener Welten, die Dich beflügeln und mit Deinem siebten Sinn verbinden. Ich bin allgegenwärtig im Urstromland historischer Gemäuer und verlassener Ruinen, in der Nähe von abgestorbenen Bäumen, Tümpeln und Seen und kreuze den Weg jener, die bereit sind für die Reise ins Schattenreich.

Als einzig fliegendes Säugetier blicke ich auf eine über 50 Millionen Jahre alte Geschichte meinesgleichen zurück. Ich bin ein Botschafter der Urzeit. Wir Fledermäuse orten über Ultraschall unsere Beute in dunkelster Nacht. Unsere Fähigkeiten sind aus Menschensicht *übersinnlich*. Treten wir in Dein Leben, dann als Postboten für Seelenbriefe aus Deinem Innersten: Vertraue Deiner Intuition, dem siebten Sinn, jene Ahnungen, die aus den tiefsten Tiefen Deines Seins aufsteigen.

Jenseits des Seh- und Hörbaren kannst Du Unausgesprochenes wahrnehmen. Vertraue Deiner Wahrnehmung ganz und gar. Ehre sie.

Erinnere Dich jener Antennen, die Ihr Wesen auf zwei Beinen häufig eingefahren habt. Vieles wird dem Dogma der eindimensionalen Wissenschaft geopfert. Der formatierte programmierte Verstand hat die Macht bei vielen von Euch übernommen. Nutze ihn, um Dich mit den neusten quantenphysikalischen Erkenntnissen zu beschäftigen. Sieh Dir Dr. Warnkes Vortrag über Spiritualität und Quantenphysik an, lese Bücher von Quantenphilosophen. Frage Dich, was dunkle Materie ist, ob Zeit & Raum existieren.

Stelle ganz viele Fragen!

Das alte Weltbild der Geld- und Konsumdiktatur, dem Glauben an Abhängigkeit von Gas und Öl, das einseitige Wissenschaftsdogma der Nachweisbarkeit und Messbarkeit in Experimenten dominiert noch. Erst tiefe Weltkrisen fördern die verborgenen Schattenseiten Deines Selbst, die gesehen werden wollen, ans Licht und das alte Weltbild in Dir und um Dich herum bröckelt.

Fliege mit uns in die Tiefe Eures Seins.

Wo fliegen wir hin?

Es ist Dein Sein, dass sich in Deinem Bewusstsein manifestiert.
Es ist

ATEM,
Herzschlag
Meditation.

Seelenmensch, der Du diese Zeilen liest,
spüre den Ruf, wie einst die Morgenlandfahrer,
die sich aufmachen, die Nachtseite des Lebens zu entdecken
und Seelenbünde zu suchen.
Wir Fledermäuse sind Botschafter der Transformation.
Es bedeutet, Dich zuallererst innerlich zu verwandeln,
immer wieder gänzlich loszulassen von Glaubenssätzen,
Verhaltens- und Denkmustern.
Das ist der erste Schritt ins grenzenlose schwingende Sein,
dass Du Menschenwesen schon bist.
Immerdar, ewiglich.

Jenseits der Grenzen des für Dich mit Deinen fünf Sinnen Wahrnehmbaren,
liegt eine Welt der Schwingungen, Universen des Seins, die mit feinsten
Sensoren über Kristallgitternetze kommunizieren.
Lese dazu Noxis Ausführungen über Kosmisches Bewusstsein.
Höre in Dich hinein und halte Dir einmal die Ohren zu.
Lausche in Dich jenseits der fünf Sinne.

Was ist da?
Was spürt Du?

Mache die Übung gleich.
Beginne damit Deinen Herzschlag zu spüren, oder den Puls zu fühlen,
folge Deinem Atemstrom mit Deiner Aufmerksamkeit und verlangsame ihn.
Sei ganz bei Dir.
Das ist wunderbar, so wie Du das gerade machst.
Wir spüren Dich und sind bei Dir.

Verbinde Dich mit jenen Kräften, die in Dir schlummern.
Belebe die Nachtseite des Lebens,
in dem Du Deine Träume erforschst. Sei ein Nachtsegler,
der auf den Pfaden des Unsichtbaren wandelt.

Die Fledermausfamilie fliegt mit Dir durch zeitlose Ewigkeiten.
Unsere Botschaft: Ändere Deine Weltsicht, wenn Du uns erblickst.
Wir schlafen kopfüber und hängen an unseren Füßen an der Decke.

Ist Dir bewusst, dass die Bilder, die auf Deine Netzhaut fallen,
erst im Gehirn umgedreht und zu einem Bild zusammengesetzt werden?
Somit steht die Welt eigentlich immer auf dem Kopf.

Es ist immer nur Dein Bewusstsein, durch das Du die Welt wahrnimmst
und aus dem Deine Welt schlussendlich besteht.
Es gibt Deine Wahrnehmung und die Welt,
aber gibt es die Welt auch ohne das Bewusstsein?
Spannende Fragen stellen und die Normalität anders denken,
in dem Du Deine Imaginationskraft wieder belebst.
Tauche in unser Wesen ein und fliege mit uns durch die Nacht.
Das ist ein guter Anfang.
Schließe Deine Augen und stelle Dir vor,
Du hättest unsere Sinne.
Unsere hochfeinen hervorragenden Sensoren stellen wir Dir zur Verfügung.
Du ortest neue Seinsplätze und hängst kopfüber mit einer Gruppe
Gleichgesinnter an der Decke, das ändert den Blickwinkel auf Dein Leben.

Es ist Zeit für einen neuen Abschnitt in Deinem Leben,
hochverehrter Seelenwanderer,
vertraue Deiner *Intuition*,
es ist Deine innere Stimme.
Los geht die Reise in die Verwandlung.

DER GEIST DER FLEDERMÄUSE IST MIT DIR

Das Tao ist schwer fassbar und nicht zu greifen.
Obwohl formlos und nicht zu greifen,
bringt es Formen hervor (…)
Obwohl dunkel und undeutlich,
ist es der Geist, die Essenz,
der Lebensodem aller Dinge.

21. Vers, Tao

Noxi

KOSMISCHES BEWUSSTSEIN

Als Wesen von Sirius verbinde ich Euch mit dem kosmisch energetischen Bewusstsein, das alles durchpulst und umfängt.
Es ist die formlose Form, die schon immer da ist, ein Punkt ohne Beginn und Ende.

Euer Gehirn, ist eine Art Milchstraße, bestehend aus Milliarden Zellen, jeder Stern ist ein Neuron verknüpft mit anderen.

Der Blick hinauf in das Mecklenburger Sternenzelt verbindet Euch mit diesem Glanz der unausprechlichen Dimensionen, die im Universum existieren.

Wie fühlt Ihr Erdlinge Euch beim Anblick von der unermesslichen Unendlichkeit, die sich immerwährend ausdehnt?

Für Euren Menschenverstand ist es eine Herausforderung Licht zu erblicken, das Lichtjahre unterwegs zu Euch war. Ein Stern schon erloschen, scheint für Eure Augen zu leuchten.

Es ist einfach paradox und seltsam in die Gegenwart zu blicken, die Vergangenheit ist, oder?

Ich möchte Euch über Kristallgitternetze und kosmisches Bewusstsein berichten, geografische Strukturen, die sich im Kleinen und Großen spiegeln, so wie Euer Auge sich in der Sonnenblume und im Atom wiederfindet:
Ein Punkt mit einem Kreis.
Jene Weisheit, die in allem verborgen ist.
Euer Ich, Euer Bewusstsein ist die energetische Form,
wie Ihr das Universum seht, versteht, spürt.
Das Ich ist die Aktivität in Eurem Universum.
Ein Blick in meine wundervollen blauen Kateraugen verbindet Euch mit jener Energie, die still pulsiert und alles belebt.
Spürt in Euch hinein, jenseits von Gedanken, dem Atem und Euren Sinnen.
Was ist da?

Als Sternenkater finde ich es äußerst wichtig Fragen zu stellen,
die Eure Sinne öffnen für andere Dimensionen im unendlichen Universum
Eures Seins.

Euer Sternenkater Noxi

Der Meister beobachtet die Welt,
vertraut aber auf seine innere Vision.
Er lässt die Dinge kommen und gehen.
Er zieht das, was innen ist, dem vor, was außen ist.

Aus Vers 12, Tao

NEUE PERSPEKTIVEN
AUS RABENAUGEN

Erhebt Euren Geist in die Lüfte,
liebe Wesen auf zwei Beinen.
Blickt wieder einmal von oben auf das Geschehen in Eurem Leben
und nehmt alles aus unserer himmlisch losgelösten Perspektive wahr.

Reist mit uns, während Ihr diese Zeilen lest,
spannt Eure geistigen Schwingen weit auf und begleitet uns im Geist.
Spürt Euch auf dem Baum sitzend,
in Ruhe auf das weltliche Geschehen blickend,
erhebt Euch in die Lüfte.

Beim Fliegen schaut vom Himmel nach unten,
Eure Augen weiten sich und verlieren sich im Horizont.
Dann wieder ganz auf der Erde,
den Blick auf jedes kleinste Detail gerichtet,
fokussiert im Moment.
Es ist immer wieder erstaunlich,
wie verschieden alles aus unterschiedlichen Blickwinkeln wirkt.
Großes wird klein,
Kleines sehr interessant.
Der Perspektivwechsel ist aus unserer Flugwesensicht
überaus bedeutsam.

Im Kreislauf allen Seins eingebunden, ins Werden,
ins Vergehen, in das winterliche Erstarren und dem frühlingshaften
Wiedererwachen der Natur, sind wir bei Euch Menschen.
Unser Ruf weckt Euch aus dem Erdenschlaf
und macht Euch wach für diesen Moment,
in dem Ihr unsere Vogelschreie vernehmt.
Richtet Euren Blick dann immer gen Himmel
und verliert Euch in der Weite der Landschaft.
Zugegeben, in der Mecklenburgischen Schweiz ist das das einfacher,
als in dicht besiedelten Gebieten.
Dennoch gibt es Türme, Dachstühle, Burgen, Hügel,
klettert hinauf und blickt von dort auf alles,
was Euch bedeutsam erscheint.

Dann fliegt über das Geschehen im Geist hinweg
und verbindet Euch mit Eurem Atemstrom.
ATMET tief ein und noch länger a u u u s.

Füllt Eure Lungen mit Lebendigkeit und Euer Innerstes mit Licht.
Wann immer Ihr könnt, reist im Geist mit uns Flugsauriern,
wir sind Wesen aus der Ewigkeit.
Fühlt Euch getragen von unseren Flügeln
und beschützt von dem Geist,
der alles belebt.
Alles „wichtige" erscheint dann
plötzlich ganz unwichtig klein.
Ist das nicht wunderbar?

EUER RABENSCHWARM

91

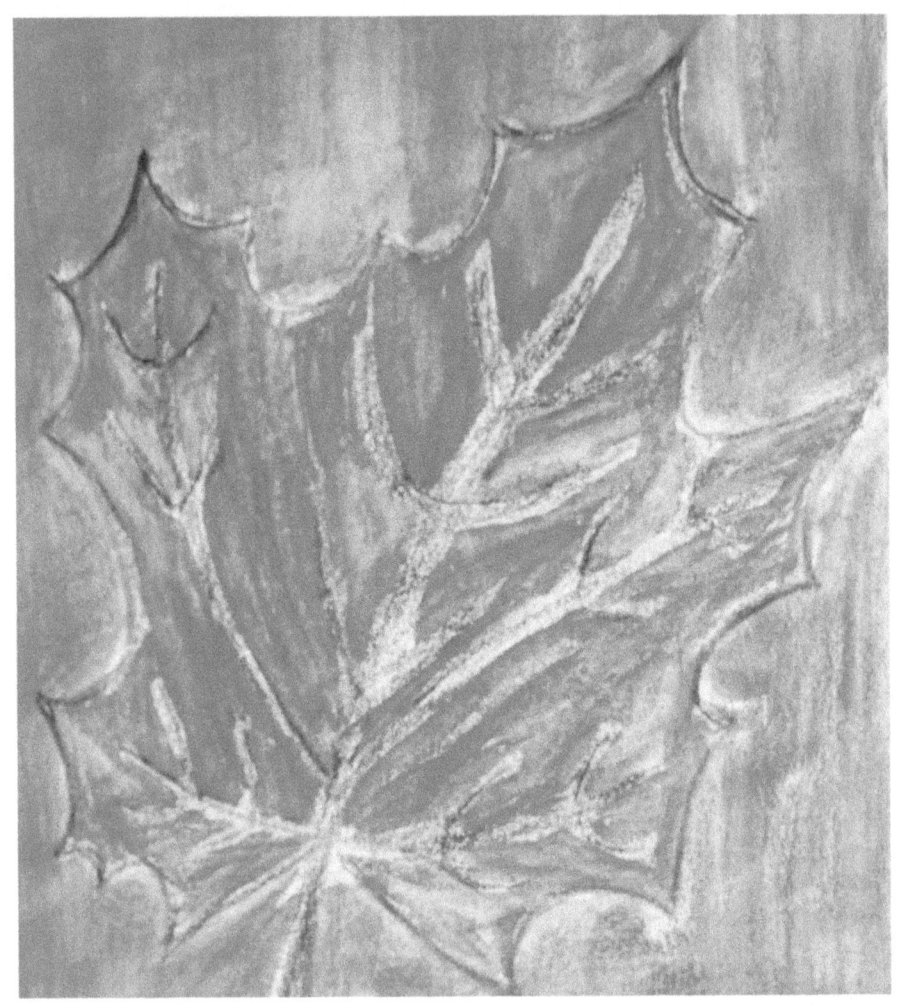

EINGEFRORENE BLATTZEIT

Deine Augen finden mich, ein Ahornblatt.
Verwelkt auf gefrorenem Boden liegend, mit Eiskristallen verziert.
Du erblickst es, hälst verzaubert inne im winterlichen Sonnenschein.
Ich bin Zeugin eines ganzen Jahreslaufes.

Von der Idee einer Knospe, zur hellgrünen Blattknospe,
entfaltet zu einem tiefgrünen Blatt unter vielen meiner Art.
Zurückkehrend zur Erde, aus der ich geboren wurde
als Teil eines Ganzen:
ein Blattwesen,
jetzt verwesend,
hinabgefallen aus dem Großen und Ganzen eines Blätterwaldes,
mich verabschiedend.

Zuvor ist die Idee, aus der ich geboren wurde,
mit Rauhreif verzuckert.
Glitzernd im Sonnenschein für Deine Augen.
Du erblickst mich als Teil eines großen Ganzen,
das eines Tages, wie ich, zurückkehrt zur Erde,
aus der Du Wesen stammst.

Ewige Kreisläufe von der Idee,
dem Geboren werden, dem Erblühen und Wachsen,
zum Verwelken mit silbrigem Haar im eisigen Sonnenschein.
Möget Ihr dieser Zyklen mit Dankbarkeit in Ewigkeit gedenken.
So sei es.

EUER DEZEMBERBLATT

Winterlicher Seelenflug
eines Silberreihers

Weit spanne ich meine Schwingen auf,
erhebe mich in die Lüfte und bin frei, liebe Erdenbewohner.
Von hier oben erblicke ich die winterliche gefrorene Welt.
Eine zarte Eisschicht überzieht das weite Mecklenburger Land,
Kristalle glitzern am Boden, alle gefluteten Wiesen sind Eisseen geworden.
Die Sonne am hellblauen Himmel und eine eisige klare Luft
verwandeln die Welt in ein Lichtspiel aus Kristallen.

Öffnet Eure Sinne für die Schönheit, die Euch umgibt.
Lasst Eure Augen schweifen über die Wunder,
die Euch täglich begegnen.

Eine winzige Eisskulptur auf einem Gänseblümchen,
Eisbilder am Boden, die in gefrorenen Pfützen entstehen,
es gibt viel Einzigartiges und Anmutiges mit Euren Augen zu entdecken.

Lasst Euer Innerstes beim Anblick von so viel Eleganz,
wie ich sie verkörpere,
erbeben und als Schwingung durch Eure Zellen fließen.
Verbindet Euch mit der Schönheit Eurer Seele
und schreitet langsam und bedächtig durch Eure Welt.

Findet Euren Rhythmus beim Ein- und Ausatmen.
Möge die Klarheit der klirrenden Eiseskälte Euch
jenes erkennen lassen,
was für Euch wirklich wesentlich ist.

Erhebt Eure Seele in die Weiten des Himmels
und fliegt innerlich an einen Ort des Friedens.
Ich begleite Euch dabei.

EUER SILBERREIHER

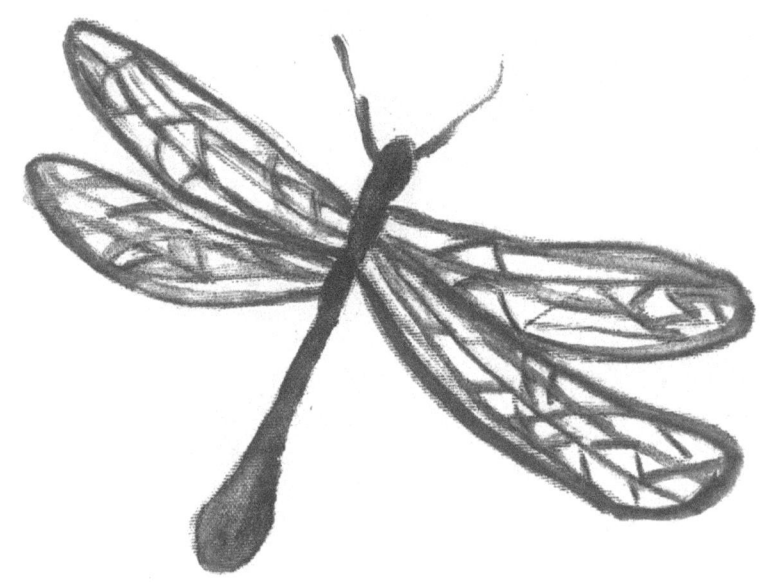

Der Geist der niemals stirbt
nennt man geheimnisvoll Weibliches.
...Höre auf ihre Stimme,
höre ihr Echo in der ganzen Schöpfung.

Aus Vers 6, Tao

LIBELLISCHE SEELENBILDER

Aus den tiefsten Tiefen Deiner uralten Seele rufen Dich archaische Farben,
magische Formen, mythische Symbole.
Ausgestiegen aus der digitalen, hochzivilisierten Leistungsmaschinerie
strandest Du am Ufer von Nimmerland und fliegst auf meinen
Drachenflügeln ins Traumreich.

Mehr oder weniger entwurzelt, ohne festen Boden unter den Füßen,
bist Du Bewohner eines Übergangsreiches,
jener Menschenwesen, die sich noch fragen,
ob ihre Sehnsucht gestillt werden kann durch
Materie und Scheinsicherheiten
jene, die ahnen, dass das Königreich in ihnen ist.

Das Gefühl immerwährender Weltangst beherrscht Dein Sein,
während die ersten Schimmer des strahlenden silbrigen Mondlichtes Schatten
werfen.

Du entdeckst eine Barke am Strand, sie ruft Dich förmlich an Bord
ohne Ziel und ohne Plan beginnt die Reise zu Dir.

Bilder steigen in Dir auf,
der Ozean des Lebens trägt Dich hinfort,
das ewige Auf- und Abschwingen der Wellen,
das ewige Ein- und Ausatmen,
lässt Deinen Blick am Horizont ruhen.
Du findest den Augenblick – nur und ganz ihn.

Die Urdrachen gossen ihre Weisheiten in Symbole,
die Linie, das Kreuz, der Kreis.
Gefäße immerwährenden Seins,
Ausdruck der einzigen Kontinuität
jenseits von Zeit und Raum: ewig seiend.

Die Brücke zu Deinen Phantasiewelten führt über das Eintauchen
in das Symbol der Sonne, das Auge = der Punkt mit dem Kreis,
die Blume, die Zelle, in die Tiefe Deines Seins.
Du wandelst durch dunkle Täler, sonnenbeschienene Gipfel,
bist ganz im Mittelpunkt Deines Seins.

Du malst, kleckerst, zeichnest, kritzelst,
gießt in Farben und Formen,
was aus Dir heraus möchte: SEELENbilder.

Du bist in einem Raum innerhalb und außerhalb von Dir,
ein schöpferischer Mensch weist Dir vielleicht den Weg,
aber Du gehst ihn allein.
Deine Kunst befreit zunehmend die inneren Dämonen,
Götter und Geister aus dem Verließ verstandesgesteuerter Wirklichkeiten.
Jenseits von Erklärungen und Konzepten, ist es das,

was Dich bereichert, während Du Schritt für Schritt gehst,
atmest und auf den Flugwellen reitest.

Es bekümmert Dich im Augenblick des Malens nicht im geringsten,
dass kein Land der Gewissheit in Sicht ist.
Die Reise zu Dir ist die einzige, die jetzt zählt.
Die Welt Deiner Farben ist Dein Reich,
farbenreich,
sie verwandelt Deine Welt im Innen und Außen.

DIE INSPIRATION DER DRACHENFLIEGER BEGLEITET DICH
AUF DEINEM FLUG DURCH DEN WELTENTRAUM

EINE 600JÄHRIGE WEISE EICHE ERZÄHLT

Einladung an Euch: Lehnt Euch an meine Haut an –
sie birgt hunderte Jahre Weisheit des Kommens und Gehens von Jahreszeiten,
Geschichten von Freude und Leid,
ich bin hier und ein Monument der Gegenwärtigkeit für Euch.
Meine Wurzeln verwurzeln Euch tief mit Mutter Erde,
lasst dieses Bild in Eurem Geist aufsteigen.

Meine Krone verbindet Euch mit dem Sein,
ragen hinaus über Ängste und Kleinlichkeiten des menschlichen Geistes.
Alles in allem betrachtet, im Rausch der Zeiten,
ist es nur dieser Moment, der wirklich ist.
Im Ein- und Ausatmen hörst Du,
wie sich riesige Krähenschwärme in meiner Krone versammeln,
ihr Konzert fließt in Deine Zellen.

Wann hast Du das letzte Mal wirklich dem Lied der Natur gelauscht?

Der Wind rauscht durch mein Blattwerk und berührt Deine Haut,
kühl, zärtlich,
die letzten herbstlichen Sonnenstrahlen liebkosen Dich,
warm und weich.

Der Gesang der Blätter dringt in Dich ein,
aus dem Erdreich steigt der Duft des Herbstes,
loslassen von aller Geschäftigkeit, von dem Geist,
der sich an die Vergangenheit klammert,
wie ein Ertrinkender
und auf die Zukunft hofft, in der alles *besser* ist.

Eine EINladung Dich in mich hinein zu begeben,
eine Reise ins Innerste.
Stille.
Atemstrom und Herzschlag.
Sein in meiner ehrwürdigen Gegenwart,
ein Geschenk
immerdar für Dich.

Eichenbrüder ~
zeitlose Wesen

Seit über 600 Jahren wachse ich auf diesem Fleckchen Erde.
Geboren aus einer kleinen Eichel.

Für Euch Menschen bin ich ein Wesen aus der Ewigkeit,
die Zeitlosigkeit ist kaum vorstellbar.
Ich habe viel erlebt und viel wahrgenommen
in all den Jahrhunderten.

Bis heute verehren mich einige von Euch, die spüren,
was für eine Kraft ich vermittele.
Standfestigkeit, dank tiefer Wurzeln im Erdreich,
Äste, die gen Himmel ragen und die Verbindung
zwischen oben und unten herstellen.

Meine tief gefurchte Rinde erzählt von Euren Erlebnissen,
die Ihr immer im Wechselbad der Gefühle steht,
das Wünschen und Hoffen,
die Enttäuschungen, die Ihr im Leben erfahrt.

Und darum sind wir Naturwesen so bedeutsam für Euch.

Wir laden Euch ein unsere Energie zu spüren,
Gelassenheit, Ruhe, Wachstum & Vertrauen.

Ich kann Euch Ruhe im Sturm der Zeiten schenken.
Heraus aus Zögern und dem Verzagen,
aus Missmut und Unlust.

An mich gelehnt, werdet Ihr meine Kraft und Ruhe spüren.
Atmen und sein, lasst Euch ein,
außerhalb der menschlichen Bewertungen
von gut und schlecht,
sind wir Natur und Kreatur.

Wir Naturwesen hinterfragen nichts,
deshalb sind wir Kraftquellen für Euch.
Wir erblühen jedes Frühjahr wieder und schenken Euch das Jetzt.
In tiefster Verbundenheit mit allen Naturwesen
findet Ihr bei uns in Eure Mitte zurück.

Alles findet in seine göttliche Ordnung zurück,
deshalb ehrt uns und bewahrt uns.
Wir sind ein Teil von Euch.
In tiefer Liebe zu allem,
nichts ist außerhalb dieser ALLumfassenden Liebe.

EURE EICHENBRÜDER

STEINWESEN ~
BOTSCHAFTER AUS DER NICHTZEIT

Das Seelenwesen spaziert an einem himmlischen Ort dieses Planeten,
ein langezogener Ostseestrand, übersät mit großen und kleinen Steinwesen,
angrenzend an einen altehrwürdigen Buchenwald.

Heimstatt für uns versteinerte Wesenheiten.
Wir blinzeln und grüßen aus jeder Pore unseres
Seins die langsam vorbeischreitenden Menschenwesen,
die dank unserem Steinmeer im Schneckentempo unterwegs sind.
Manche sammeln uns und bauen Steinmännchen.

Eine Form der Ehrung des Ursprungs,
Eure steingewordene Erinnerung an das urewigliche Sein,
das Euch begleitet.

Wir verkörpern eines Eurer Lebenswunder: die Ewigkeit.
Wir sind Millionen Jahre alt in Menschenzeit,
das bedeutet wir waren vor Euch da und werden noch hier herumliegen,
wenn Eure Existenz auf diesem Planeten vorbei ist.
Vielleicht ist dann aus einem Kiesel ein Sandkorn geworden
oder aus einem Findling ein Kiesel.

Aus dem Blickwinkel unserer steinalten Augen ist Euer
Menschenleben so schnell vorbei, wie das einer Eintagsfliege.
Deshalb genießt jeden Augenblick und freut Euch
über Euer Dasein in dieser dreidimensionalen Wirklichkeit.
Alles im Universum ist mehr oder weniger verdichtete Liebesenergie,
daraus entstehen alle Lebens- und Seinsformen.

Wir *Steinwesen* sind höchst verdichtete heilsam
schwingende Erd- und Mineralenergie.
Jeder von uns ist Zeugnis einer bewegten Erdgeschichte voller Stolpersteine,
die wiederum Wachstum hervorbrachten, wie so mancher Stein,
der Euch, Ihr geliebten Seelenwesen, in den Weg gelegt wurde.

Vulkanischer Geburtsprozesse im Herzen der Erde verleihen uns Leben,
mit größtem Druck wird eine Form geboren,
herausgeschleudert,
wir erkalten und sind fortan Dünger für Eure Erdfrüchte.

Wir sind wie Ihr, reine hochschwingende Energiewesen,
gebündelte schöpferische Urinformation.
Die selbstheilende Kraft in Euch Seelenwesen, wird aktiviert,
wenn Ihr uns berührt und Euch mit uns verbindet.

Unsere Form wird durch Wind, Wasser,
Sonne und andere Einwirkungen geschliffen,
so wie Euer Menschenleben von Erfahrungen,
die sich tief in Euer Innerstes eingraben.
Euer Menschwort *Charakter* bedeutet ursprünglich Werkzeug zum Graben,
eingeritzter Buchstabe, Zauberschrift.[13]
Vom Sandkorn, das ist unsere kleine Steinschwester
bis hin zu den Monolithen, unsere altehrwürdigen Weisen,
sind wir Zeugen der Erdgeschichte.

Vulkanschiefer- und Granitwesen bergen für
Euch Zweibeiner das Potenzial unbegrenzter Möglichkeiten
und das ebenso unbegrenzte Reservoir an *Energie*,
das in ihrem Ursprung das Magma erfüllt.

Wir Gesteine und Mineralien erinnern Euch an Euer naturgegebenes Potenzial,
an Eure schlummernden Fähigkeiten und Möglichkeiten.
Wir wecken Eure Kraft diesen Schatz zu heben.
Ihr seid dann steinreich an Weisheit und Liebesenergie.

Deshalb allein gebührt uns Steinwesen
der Schlussstein dieses Textes zu sein.
Die Erinnerung an den zeitlosen Ursprung
der Erde ist immer in uns gegenwärtig.

Bis in alle Ewigkeit spürt uns, seht und
ehrt uns als einen Teil von Eurem aus
Sternenstaub gewordenen Sein.

Wer von Euch vermag,
Ursprung und Gegenwart als Ganzheit wirken zu lassen,
indem er einen Stein berührt,
der überwindet Anfang und Ende und die heutige Zeit.

LIEBESGRÜSSE VON STEINWEISEN STEINWESEN

PS: Ohne den steinigen Weg der Autorin und ALL den notwendigen
Herzenspausen gäbe es diesen Text nicht.

EPILOGISCH

Also doch die Kindheit. Was dort gut läuft und was dezent bis schmerzhaft danebengeht, wird zum Lebensbegleiter. Nicht von allem kann man sich ganz frei machen. Manches setzt eine Antriebskraft in Gang, aus der sich etwas Gutes bauen lässt: Fantasie und die Spielarten der Kreativität.[14]

Dieses Zitat von Ingmar Bergmann lese ich einige Wochen vor Abschluss dieses Textes in einer Arztpraxis und das Büchlein sollte schon längst, so meine menschliche Planung, fertig sein. Eine erneute gesundheitliche Krise verhilft mir zu weiterem Feinschliff und zu einer Reise an die Ostsee. Dort begegnen mir am Strand die Steinwesen, mit denen ich seit meiner Kindheit eine innige Beziehung habe und die durch eine erneute Herzenspause von *meinen Lebensplänen* den Schlussstein bilden.

Das beständige Unheilsein[15] ist ein Seinszustand, ein Schlüssel die schöpferische Schatzkammer zu öffnen und dem Lebensfluss wirklich zu vertrauen.

Ich bin das Beste, was mir je in meinem Leben passiert ist.

Es gleicht einem Wunder für mich, dass ich diesen Satz jetzt so schreiben kann. All jenen, die auf dem Weg zu ihrer wirklichen Wesensnatur sind, möchte ich Mut machen, denn wir sind schon das

LICHT   LEBEN

LIEBE

Zwölf Jahre Muskelschmerzen, immer wiederkehrendes tiefschwarzes Seelenleid (Diagnosen: Depression, psychotisch, neurotisch etc.), wundersame lichtvolle Fügungen (Liebe) und tief beglückende Momente durchweben mein Sein.

Das *VER*rücken von Standpunkten, Meinungen, Gedanken- und Verhaltensmustern ist dank meiner Seelenbegleiter zu einer konstanten Übung geworden, das immer neue Einlassen, die Dankbarkeit, das mir selbst und anderen vergeben und das Annehmen, all dessen, was ich nicht ändern kann.

Ich bin vielleicht medizinisch definiert "sehr traumatisiert"- dennoch sind es nur Worte für einen intensiven ungewöhnlichen Lebensweg, dessen Reichtum ich zu Papier bringen darf. Das ist tatsächlich wesentlich und doch auch unwesentlich: Trauma bedeutet aus dem Griechischen zur HEIL(i)ung gehörig. Im tiefsten Inneren möchten wir ganz werden, zurück in die Einheit, aus der wir uns für diese Zeit in der Lebensschule "abge-sondert" haben und in der Dualität[16] gelandet sind.

Der Weg ist der Weg.

Die NATURbuddhas mit ihrer tiefen Zuneigung erinnern mich, dass es eine ewige unvergängliche Essenz in mir gibt, eine pulsierende allwissende lichtvolle Energie.

Ich bin das Bewusstsein, das mein Universum erschafft.

Ich bin ich.
Die Quelle der Quelle.
Atemzug für Atemzug.

ALLtägliche Übung:

Lege eine Hand auf Dein Herz,
lasse Gefühle der Dankbarkeit,
Wertschätzung und des Friedens
da sein.
Atme tief und sanft ein- und aus,
der Ausatemstrom ist ausgedehnter
und wird langsamer.

Zähle von fünf rückwärts beim Einatmen
und auf sieben beim Ausatmen. Nimm den
Raum wahr, der da ist, bevor Du wieder einatmest.

Hole aus der Schatzkammer Deines Lebensbuches ein Erlebnis
in Dein Bewusstsein, das ein warmes Gefühl der Freude,
des Friedens, der Gelassenheit in Dir entstehen lässt.

Das Gefühl nimmt Raum in Deinem Herzzentrum ein,
verbinde es mit einem Licht, wenn Du möchtest,
und lasse das Gefühl von der Mitte Deines Seins
bis in Deine Zehen fließen, von da aus in den Kopf und
in Deine Haarspitzen, so dass Dein ganzer Leib
erfüllt ist von einem lichtvollen Gefühl.

Viel Freude mit der Herzensübung.

BESONDERER HERZENSDANK

Moritz, die großartigen aus Frankfurt/M., die mir schenken: Wir vergessen Marlin & Lili, kleinen Menschen unglaublich viel Freude nie, wie wunderbar ihr seid! • Eva Brossler & Wolfshündin Hasenmühlenzaubergarten • Claudia Scheller & Sally, die in ungeahnte Dimensionen der Heilkunst einweihen: tierheilkunde-schule.de • Margret Münchow, meine Patentante, für Deine Großherzigkeit und liebevolle Unterstützung • Uwe Xanke, für Deine Freundschaft auf hoher See und unsere humorvollen Freitage im Strandcafé, Frankfurt/M. • Dr. Wulf Splittstößer, Kelkheim/Ts. für sein heilenergetisches Feld und osteopathische Wundertaten • Ulrike Atlas-Kotzamanidis, Psychotherapeutin, Frankfurt/M., wesentliches Heilerlebnis bei Aufstellungsarbeit nach Franz Ruppert • Rodrigo Santoro: „tienes que escribir un libro y necesitas una camera". Gracias y abrazo grande! • Monika Kluge, Schloss Badow, meine beste geduldigste Korrekturleserin! Welch weiser göttlicher Erddrachen • Kerstin Baarmann für Deine grafische Beratung • Paloma Villalobos & Isabel Jiménez, MMDiseño, Puebla/Mexiko für die hervorragende künstlerische Gestaltung • Von Herzen danke an meine begeisterten Lesern: Tini Hartel, für Deine Liebe zu Federica und die Idee zum Untertitel • Holger Juds, für geduldiges Zuhören und Korrekturen • Maud, danke! • Emma Schmidt, für die Titelfindung • Dr. Gert Frank, Limesschlosskliniken, für den Raum zum Schreiben, Malen & Musizieren • Allen Seelen- und Weggefährten, die uns ihr Vertrauen schenken und mit denen wir so viele herzerfüllende, bereichernde, freudige Momente erleben • Alejandro Villalobos consejos • Alfredo Merino, contigo al lado sucedió el milagro creativo, gracias!

. . . .

. . .

Literatur-, Film- und Vortragsempfehlungen:

Kater Noxi & Libellen u. sonstige Flugwesen

Birkenbihl, Vera: *Stroh im Kopf*. MVG Verlag
Zohar, Danah/Marshall, Ian: *IQ? EQ? SQ! Spirituelle Intelligenz – Das unentdeckte Potenzial*. Kamphausen Dyer, Wayne: *Ändere Deine Gedanken – und dein Leben ändert sich. Die lebendige Weisheit des Tao*. Goldmann

Dr. Ulrich Warnke: Quantenphysik und Spiritualität.
https://www.youtube.com/watch?v=stJnYSF6jQ4 (abgerufen am 22.09.2018)

Samadhi Teil 1 & 2
https://www.youtube.com/watch?v=stJnYSF6jQ4 (abgerufen am 23.09.2018)

Vorträge auf youtube
Quantenphilosophie: Joe Dispenza, Gregg Braden, Bruce Lipton
https://www.youtube.com/watch?v=P_FIYwg2oU4 (abgerufen am 12.12.2018)

Film
Bohemian Rhapsody – Visionär Freddy Mercury & Queen
https://www.youtube.com/watch?v=mP0VHJYFOAU

Hündin Ava

Walker, Madeleine: *Tiere als Seelenführer*. Aquamarin
Zimmer, Christiane: *Engel Emanuel Liebe löst jedes Leid*. Grasmück
Tolle, Eckart: *Jetzt*. Kamphausen
Dethlefsen, Thorwald: *Schicksal als Chance*. Goldmann
Ödipus der Rätsellöser. Der Mensch zwischen Schuld und Erlösung. Goldmann

WALLACH DON PACO

Kohanov, Linda: *Das Tao des Equus*. Kosmos
Botschafter zwischen den Welten. Wuwei

Filme: *The Kid* (mit Bruce Willis)
Trailer https://www.youtube.com/watch?v=3ShLmKeyaNA
Ein ganzes halbes Jahr.
Trailer https://www.youtube.com/watch?v=HMZHhJ-JEZM/

CRIOLLOSTUTE FEDERICA

Chödrön, Pema: *Wenn alles zusammenbricht*. Goldmann Arkana
Geh an die Orte, die Du fürchtest. Arbor
Claes, Anouk: *Müssen war gestern*. Ansata

EICHENBRÜDER & NATURBUDDHAS

Von Dreien, Christina: *Vorträge & Eine Vision des Guten*
Wohlleben, Peter: *Das geheime Leben der Bäume*. Ludwig
Villoldo, Juan: *alle Werke dieses Schamanen*

Film: *Yaloms Anleitung zum Glücklichsein*
https://www.youtube.com/watch?v=ZltrE1Q8Bt4

STEINWESEN

Gienger, Michael: *Die Heilsteine der Hildegard von Bingen*.
Narayana Verlag. siehe *Der Heilsteinexperte*

Dokumentarfilm: Tomorrow – der Film.de

Glossar

Astrosophie: Erkenntnisinstrumentarium, Teilbereich der hermetischen Philosophie (Hermes Trismegistos, Artur Schult, Marsilio Ficino)

Burn-out: Begriff aus der Raumfahrt, bed. Zeitpunkt, in dem das Triebwerk einer Rakete abgeschaltet wird u. der antriebslose Flug beginnt (s. Duden), völlige Erschöpfung (Psychologie)

Göttlich: etym. gotem, das Strahlende, Leuchtende, der Monotheismus ist aus der Verehrung des Sonnenprinzips (Echnaton) entstanden, symbolisch die Energie, die alles belebt. Ich benutze das Wort jenseits von Glaubensdogmen und institutionalisierten Ritualen

Naturbuddhas: Das Wort Natur kommt aus dem Lateinischen natura / nasci = entstehen, geboren werden. Wir sind alle ein Teil von Mutter Natur und somit Naturwesen, die immer im Buddhazustand sind.

Schmerzkörper: Ein Teil in uns, der aus dem Urspeicher der Vergangenheit schmerzvolle, traumatische Emotionen reaktiviert, sobald er Futter in Form von Konflikten bekommt. Er übernimmt dann das Ruder und der Schmerzfilm läuft. Die Wortschöpfung ist von Eckart Tolle. Hier sein Hörbeitrag zu dem Thema: https://www.youtube.com/watch?v=rpxCkcc0dzk abgerufen am 21.11.18

Seele: lt. Duden Lebensprinzip, Innenleben eines Lebewesens, Lebenskraft

Seelengefährten, -begleiter: Gefiederte, Wurzel- und Fellwesen, die an der Seite von uns Zweibeinern sind, um uns nach Innen zu führen, ins berührt werden, nach innen horchen, in die eigene innere Wesensnantur eintauchen

Seelenwesen: sind immer im Jetzt, im Augenblick und können uns mit dieser Qualität des Momentes verbinde

FUSSNOTEN

[1] Das Werk *Schicksal als Chance* von Thorwald Dethlefsen eröffnet mir eine ganz neue Lebensperspektive und ist mit der Astrosophie (Artur Schult) eine großartige Initiations- und Befreiungserfahrung für mich

[2] s. u. a. Quantenphilosophie, Dr. Ulrich Warnke: https://www.youtube.com/watch?v=stJnYSF6jQ4 abgerufen am 21.11.18

[3] In den Upanishaden, wird Brahman, die Quelle des Kosmos wörtlich: *das, aus dem alles wächst* zu Atman: *das, was scheint* dem Wesen des Bewusstseins. Im Dhammapada erklärt Buddha: *Alle Dinge entstehen im Geist, sie sind unseres mächtigen Geistes Schöpfung.* vgl. https://www.sein.de/alles-ist-bewusstsein/ abgerufen am 30.12.18

[4] s.u.a. Biophilieforschung. https://www.naturundheilen.de/artikel/der-biophilia-effekt-in-der-natur-heilung-finden/ abgerufen am 18.11.2018

[5] Für die Ogon aus Mali ist SIRIUS B das Zentrum der Welt, Kater Noxi teilt sein Sternenwissen mit Iris

[6] Blogartikel https://cordisophia.wordpress.com/2014/05/06/fortsetzung-bin-ich-schuld-daran-dass-mein-tier-leidet/

[7] Blogartikel: https://cordisophia.wordpress.com/2014/04/24/die-sprache-des-lebens-verstehen/

[8] Dethlefsen, Thorwald, Vortrag zu Selbsterkenntnis: https://www.youtube.com/watch?v=-GcsHbm6QpE/ abgerufen am 21.11.18

[9] Leib bedeutet LEBEN siehe: https://www.wissen.de/wortherkunft/leib

[10] Das Wort Atem kommt aus dem Sanskrit *atman = Seele*

[11] Dyer, Wayne: *Ändere Deine Gedanken und das Leben ändert sich. Lebendige Weisheit des Tao.* S. 30, Goldmann

[12] Zohar, Danah, Marshall, Ian: *IQ? EQ? SQ!* S. 18 Kamphausen

[13] Etymologisches Wörterbuch der dt. Sprache. dtv. S. 190Ff

[14] Der Meisterregisseur Ingmar Bergmann im Taschen Verlag. Zs. Meerraum. S. 15, Ausgabe 2/18

[15] Dethlefsen, Thorwald: *Schicksal als Chance.* S. 192. Goldmann

[16] Ebd. S. 19ff

Iris entdeckt die Liebe zum Schreiben als Autorin des *Einblick, Zeitschrift für metaphysische Kunst & Kultur*, Frankfurt am Main. In zahlreichen Beiträgen kultiviert sie den Verweis auf die ursprüngliche Bedeutung der Worte: Etymologie.

Ihre Seelenbegleiterin, die Hündin Ava, inspiriert sie 2014 die Botschaften aufzuzeichnen. In Erinnerung an die Freude das Geschriebene mit anderen zu teilen, beginnt sie den Blog: cordisophia.wordpress.com (*cor* = Herz & *sophia* = Weisheit).

2017 öffnet sich in der einzigartigen und wundervollen Mecklenburgischen Schweiz ihre farbTONreiche schöpferische Schatzkammer: Kleckern mit Acryl, Pastellölkreide, Aquarellstiften. Bilder in 3 D. Hang-, Percussionmusik und windschiefes Freisingen.

Iris ist Mitbewohnerin des Pferde-, Kater- und Hündinnenkosmos und ewige Studentin im Fachbereich zärtliche Tiefenentspannung im Augenblick.

Sie lebt mit ihren Fellnasen auf dem Planeten Erde, wenn sie nicht gerade mit Kater Noxi zur sirianischen Sternen-Nation auf Einhornflügeln unterwegs ist.

www.irishesse.com

Zeitfracht Medien GmbH
Ferdinand-Jühlke-Straße 7
99095 Erfurt, Deutschland
produktsicherheit@kolibri360.de